古書堂事件手帖

～扉子與空白的時間～

三上 延

輕文學
Light Literature

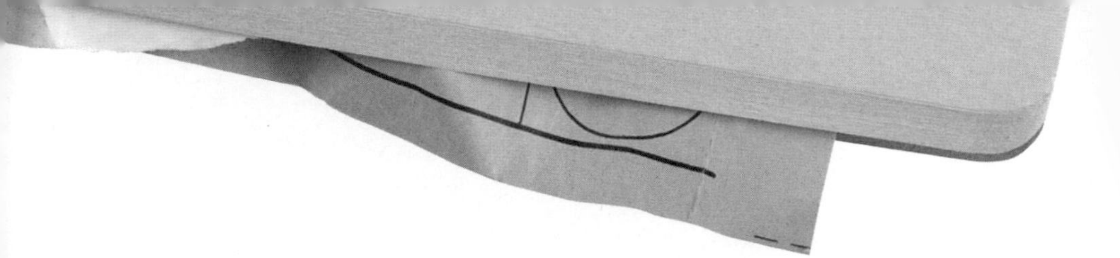

上島家 家譜

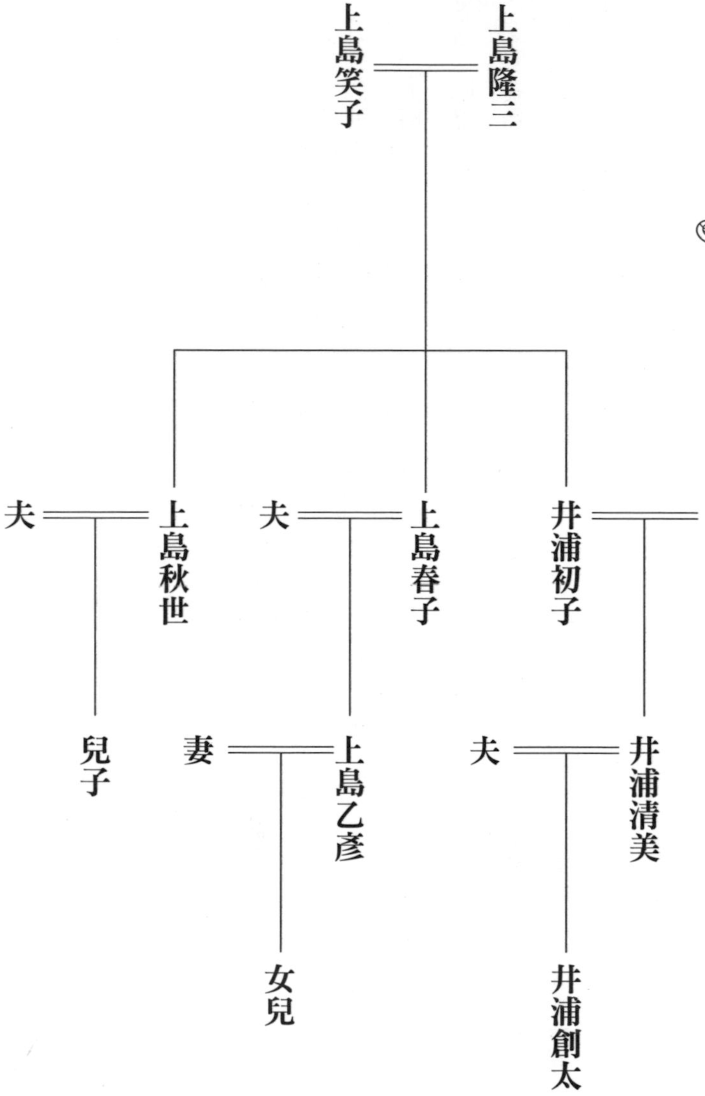

序章

下了一上午的雨總算停了，午後淡淡的陽光從大窗射入店裡，甚至照到了深處。陳列在牆前一整片書櫃上的舊書，環繞相隔一段距離擺放的古董桌椅。

這裡是鎌倉由比濱路旁的書香咖啡館。儘管這間兩層樓古民宅改建的咖啡館人氣很高，一遇上梅雨季節的非假日，客人還是稀稀落落。店內只有住附近的銀髮族常客，以及好奇心旺盛的觀光客三三兩兩坐著，店員也閒散無事。

負責接待客人的戶山圭，假裝在整理裝飾書櫃用的攝影書，其實她正沉迷於書的內容。她看到忘我的作品是筑摩書房出版的《黛安・阿勃斯作品集》。圭是書香咖啡館老闆的女兒，父母向她哭訴店裡人手不足，她才會一下課就過來幫忙。

幸運的是幾乎沒有工作需要她做，於是她站在那裡偷偷翻閱看起來很有意思的舊書打發時間。

圭喜歡閱讀。她的父母也從事舊書買賣，因此她從小就在書堆中長大。可是她不認為自己懂書，也不認為自己的知識比其他人豐富，畢竟這世上人外有人，天外有天。

一陣輕盈的腳步聲踩著樓梯上來。

圭轉頭望去，正好看到穿著與自己同樣高中制服的女學生走上來。對方有一頭及腰的烏黑長髮，雪白透明的肌膚。粗框眼鏡後頭那雙黑白分明的雙眸正快速掃視店內，似乎正在尋找某個早一步到達的人。

「扉子？」

圭闔上攝影書，走近那位女學生——扉子。

「妳有說今天要過來嗎？」

她們兩人是就讀同一所高中的好友。扉子經常來咖啡館，圭也經常去扉子家玩。扉子是北鎌倉一家叫「文現里亞古書堂」的舊書店老闆的女兒。

「沒有，我是臨時有事跟人約在這裡……小圭才是，妳今天有班嗎？」

「我也是臨時被叫來，因為打工的相馬小姐突然身體不舒服請假。」

她一邊說，一邊領著扉子走到裡面的桌子。店裡客人不多時，扉子一定會坐在她最愛的老位子上。

「妳等著，我去拿水來。」

圭走回上菜櫃檯，途中不時回頭望向自己的好友放下書包與文庫本的背影。那本文庫本是早川文庫ＳＦ系列，歐森．史考特．卡德的《戰爭遊戲外傳：安德闇影》下集。她來這裡的路上大概是邊走邊看書吧。圭經常提醒她不要邊走邊看書，不過她一向當作耳邊風。

扉子喜歡看書，不，那個程度已經不只是喜歡了，閱讀對她來說就像呼吸一樣。而且她過目不忘。圭常覺得扉子不是普通人，但這種情況在篠川家似乎是常態，扉子的母親——文現里亞古書堂的店長也是這樣的人。

圭把水送到扉子的桌前。難得她沒有在看書，而是深深坐進椅子裡，雙手交握放在腿上。

《戰爭遊戲外傳：安德闇影》就這樣擺在桌上。

「老樣子嗎？漂浮冰紅茶？」

「嗯……」

扉子身子僵硬，雙眼凝視著一點不動，那張五官秀麗的臉緊繃著，看起來很緊張。

「妳在等人嗎？」

圭問。不過她首先就排除了與戀愛有關的可能。就她所知，扉子對於書本之外的異性和同性都沒有愛情方面的興趣。況且她未免太緊張了，不像是要與心儀的對象碰面，更像是待會兒要參加重要面試。

「等我外婆……」

出乎意料的答案。圭沒想到她要見面的對象居然是親戚。

「我記得妳說過外婆住在大船？」

「那是奶奶。我待會兒要見的是我母親的母親……名叫篠川智惠子的人。」

名叫篠川智惠子的人——圭無聲複誦了一遍。這麼說來，她不曾聽扉子聊起外婆，只知道那個人在國外經營舊書店，扉子的父母偶爾會過去幫忙。

難道扉子之前是刻意不提嗎？那自己還是不要過問太多才好。雖然好奇對方是怎樣的人，反正等一下就會看到了，畢竟她們約好在這裡碰面。

「我去拿妳的飲料過來。」

圭離開桌邊。她感到好奇的還有另外一件事。桌上除了《戰爭遊戲外傳：安德闇影》之外，還擺著兩本文庫本。當然也是扉子帶來的。

那兩本是新潮文庫的《MyBook：2012年的紀錄》與《MyBook：2021年的紀錄》。

形式雖然是文庫本，而且每年出版，但內頁只印著日期和星期，內容是由購買者自行寫上每天發生的事，就是類似日記簿的東西。

扉子始終目不轉睛注視著那兩本書。書的兩側看起來有點舊，應該不是她的日記。再說圭也沒聽說扉子有在寫日記。

所以，那兩本到底是什麼？

扉子面對這兩本《MyBook》陷入沉思。

外婆打電話到她的智慧型手機時，她才剛放學回到家。她的父母趁著店裡公休日，去箱根湯本溫泉進行兩天一夜旅行了。

『好久不見，扉子。』

外婆說她今天回到日本。上次跟外婆說話已經是好幾年前的事。外婆的聲音雖然和母親栞子相似，卻又有些不一樣的地方。與外婆說話，感覺自己彷彿也成了一本書，赤裸裸地攤在外婆面前。

『我有點事情想確認，需要看看大輔手上的書。妳方便幫我問問他嗎？』

扉子對於這突如其來的請求感到不解，同時也注意到一件詭異的事——外婆為什麼知道她的手機號碼？這支手機是不久之前父母為了慶祝她考上高中才買給她的。

『我現在正好有事來到由比濱，不過我沒時間過去北鎌倉一趟。妳可以幫我把書送到妳常去的那家和田塚站附近的書香咖啡館嗎？』

扉子掛了電話之後隱約感到一陣寒意。

她常上這家店的事情只有少數人知道，況且父母不會把女兒的隱私告訴別人。平常都待在國外的外婆，怎麼會曉得自己常光顧的這家店？

「久等了。」

圭說著，把裝著漂浮冰紅茶的玻璃杯放在桌上。

「謝了。」

上面那一大球加入蜂蜜的香草冰淇淋是店裡的招牌。扉子額外再淋上蜂蜜代替糖漿後喝下一口，想要讓自己冷靜下來。

圭就這樣站在桌邊看著扉子。圭有一頭俐落短黑髮，細長雙眼搭配濃眉，高䠷的身高也讓她看起來很可靠。扉子打從心裡覺得慶幸，幸好外婆約見面的地方，是好友也在的這家店。

「《戰爭遊戲外傳：安德闇影》好看嗎？」

「我剛看完，寫得很棒呢。」

圭點點頭。若是平常的話，扉子早就開始說起那些感動的內容了，但她現在沒有那種心情。圭偷偷瞥了《MyBook》幾眼之後，才下定決心，語氣凝重地開口：

「另外那兩本呢？」

扉子輕輕放下玻璃杯。

「這兩本是……文現里亞古書堂的事件手帖。」

聽說文現里亞古書堂從很久以前就在做古書相關問題諮詢，父親會把那類事件的始末全都記錄在這小小的書裡。扉子之前也有發現這些書的存在，當然也很好奇，但她沒有讀過內容。因為這東西就像是父親的日記，她不好去翻閱。

「什麼意思？」

「抱歉，改天我再跟妳解釋。」

「好。」

圭很乾脆地點點頭，說了「晚點見」就走開，沒有為難，似乎是察覺到現在不適合多問。扉子真心佩服好友這種明事理的成熟態度。

——我果然學不來，如果是我就會超想追問。

接到篠川智惠子的電話之後，扉子對於這兩本書的內容好奇得不得了。

（我想查的內容是，二〇一二年與二〇二一年發生的橫溝正史《雪割草》事件。）

外婆的聲音在腦海中響起。扉子壓抑不住湧上心頭的疑問。

為什麼同一本書會引發兩起事件？而且還相隔了九年？不對，也不見得就是同一本書，也許是分別與兩本《雪割草》有關的兩件事——但是這樣講也不對。完全無關的話，就沒必要同時調查這兩起事件了。

——外婆究竟想要知道什麼？

外婆說想借用這兩本事件手帖時，扉子當然也打電話問過父親。他與在一旁的母親討論了很久，倒也沒有拒絕外婆的要求。

——而且也沒有說我不能看這兩本事件手帖。

扉子的右手滑向桌面上的兩本《MyBook》。

（反正外婆很快就來了。）

等她來，我再停下來就好——扉子替自己找好藉口，拿起二〇一二年的事件手帖。這是她出生那一年的紀錄。

她隨手快速翻過書頁，「雪割草」的標題便出其不意地映入她的眼簾，以父親那很有個人風格但容易閱讀的熟悉字跡寫著：

上島家的墓地就位在能夠俯瞰鎌倉市街道的山腰處。

才看到這一行字，扉子已經對這起過往事件產生興趣。對於篠川家的人來說，「面前有書卻不讀」這個選項並不存在。

第一話
横溝正史
《雪割草》I

上島家的墓地就位在能夠俯瞰鎌倉市街道的山腰處。

石牆圍繞的廣大腹地上到處都是雜草，無人整理。昨天，上島秋世的骨灰就下葬在距離昔日貴族長眠處最偏遠的墓地中。她戰死於二次世界大戰的丈夫與兒子也沉睡在這座老墳裡。據說到了冬季盡頭，白色的雪割草就會開滿四周。

不過這些事也不是我親眼所見，全都是聽來的。

上上個月上島秋世過世，享耆壽九十二歲。在她生前，我們不曾見過。跟我——篠川大輔扯上關係的是她的親屬，以及一本舊書。

現在是二〇一二年的四月。我在北鎌倉文現里亞古書堂工作已經一年八個月。原本找不到正職工作，只能打打工的我，後來得以與店長栞子小姐交往，現在甚至結婚了。

在此之前，我們一起經歷過各式各樣與舊書有關的事件。

可是那些事件都沒有像這次上島家發生的事件這般，事後想起來還是很鬱悶。這件事恐怕往後也會一直留在我們的記憶裡吧。就連在解開書本謎團上擁有超凡能力的栞子小姐，也沒能夠完全解決這起事件。

事件的開端要回溯到十天前。

＊

我在主屋的客廳吃午飯時，聽見玻璃窗發出喀喀聲響。正把炒麵送進嘴裡的我愣了一下轉頭看去，還以為是窗外有人，卻看見盛開的美麗山櫻樹枝正隨著春風搖曳。

那棵山櫻樹種在隔壁鄰居的院子裡。我聽說是為了紀念家主第一個孫子誕生而種下，所以始終悉心照料。這種時候我就很佩服很久以前就住在北鎌倉的人們的風雅。

我原本覺得反正能夠從這間和室賞花很好，再者樹枝突出到我們的土地上也不過是小事，不過碰到窗戶就有點危險了。看來只得去拜託他們修剪那棵樹了。

（應該是我去吧……）

栞子小姐雖然是在這棟屋子出生長大，但與附近鄰居往來都是交由我出面處理。我準備從主屋回到書店後，就去找她商量這件事。

吃完午餐的我，拿著空盤子走向流理檯水槽。洗碗前，我先把流理檯瀝水架上另外一組一人份的餐具收起來。那是先吃了午餐的栞子小姐用過的東西。

「哎。」

我不自覺叫出聲。瀝水架前隨手放著一本包著石蠟紙的舊文庫本，那是角川文庫的久生十蘭《母子像．鈴木主水》。這當然是栞子小姐幹的好事；她八成洗好碗盤後，就站在這裡看書看到忘我了。

這本書的初版書好像很稀有，能夠便宜入手她很開心，所以一心想要加進網路商店的商品列表裡。我不擔心她會把這本書納入私人藏書……不，她的確會這麼做，而且這種情況經常發生。

總之先讓書遠離水槽吧──我拿起《母子像．鈴木主水》，正打算挪到一旁的廚房收納推車上，卻不禁苦笑。番茄罐頭旁邊堆著好幾本白色書背的文庫本，那些是教養文庫的《久生十蘭傑作選》。放得太理所當然了以至於我沒注意到。栞子小姐似乎突然開始進行起久生十蘭作品的春季閱讀馬拉松。

（五浦哥……不對，姊夫，你聽好。）

我腦海裡響起上星期在這間廚房聽到的聲音。喊我姊夫的當然只有那個人，就是栞子小姐的妹妹──篠川文香。她今年春天從高中畢業後，離家去上大學，開始在東京八王子校區附近獨自生活。

搬走前一天，她拿出特大號中華炒鍋做了一大堆炒麵。那是她為姊姊、姊夫事先做好的常備菜，我剛才吃掉的那一盤就是其中一份；我這才知道原來炒麵可以冷凍保存。不過我這位認真可靠的小姨子教我的不只這類生活智慧，我與栞子小姐在這裡同居半年奉行的生活規則，也都是文香告訴我的。

（我姊要是把書拿進廚房，你要阻止並嚴厲譴責她這種行為！否則那些書一個不留神就會無止盡爆增！你如果坐視不管，一切就完了！）

那些生活規則不過就是為了確保生活空間不遭到書本入侵，以及保護栞子小姐的人身安全，以免經常被山崩垮掉的書堆弄傷。

（舊書店的經營交給姊姊應該是沒問題，不過主屋的生活，就只能靠姊夫你的努力了。我姊那傢伙看書就跟呼吸一樣，隨時隨地都在看書……反正就是笨手笨腳！往後就交給你了！）

我是覺得還不到笨手笨腳的地步，不過我經常因為她超乎常人愛看書而驚訝不已。她因為受傷的後遺症，必須用腋下夾著拐杖助行，她在主屋裡卻老是用腋下夾著書。而且順帶一提，她每次在看的書都不一樣。

她和我當然有正常的對話，但是與人交流之外的所有時間，她大致上都在看書。坐在樓梯或玄關處看書，正在換衣服也看書，早上起來也在床上看書，頂多是洗澡與上廁所時沒有帶著書。她還稍微懂得自制，這讓我感到安心。

而且雖然她本人已經很努力了，不過她似乎在受傷前就不擅長做家事。往後就是栞子小姐負責書店經營，我負責主屋的家事吧，也就是過去小姨子負責的部分轉為由我接手。

我從篠川家主屋回到文現里亞古書堂，聞到熟悉的舊書氣味。書本從店裡一排排書櫃上滿溢出來，甚至堆到走道上。入口處的玻璃門外，隔著一條窄巷就能看見北鎌倉車站的月臺。

背著後背包的老人團體很醒目。與發生三一一東日本大地震的去年相比，今年觀光客變多了。他們大概是準備前往前面的圓覺寺欣賞櫻花凋零的美景，並走走鎌倉的健行步道。

「休息時間結束了。」

我對著栞子小姐的背影說。她躲在櫃檯內側堆高的書牆後面打電腦；她正在把從老客戶家裡到府收購來的舊書標價，並上傳到舊書網路商店。

今天她穿著藍色針織衫與格子荷葉裙，長髮用橡皮圈鬆鬆紮著。我忍不住轉開視線，不去看她落著幾綹髮絲的後頸。接下來還要工作。

「我已經把要送去市場的『福袋』分出來了。」

栞子小姐說。

「好的。」

我們在婚後說話還是用敬語；有時雖然會被笑，不過我們覺得這樣子相處最舒服，所以也就順其自然。

我看向放在收銀檯前手推車上那堆書。主要是科幻、奇幻類的文庫本，不過有很多本書封磨損。黑色書背的史蒂芬·金《黑塔》系列及《科羅拉多之子》吸引了我的目光。《科羅拉多之子》應該是稀有的非賣品才對，只是因為我們店裡還有庫存才拿出來賣。而且這本的書封上清楚沾到手指形狀的油漬，書主大概是一邊吃著垃圾食物一邊看書吧。

舊書店不一定會把收購來的書全部都放在自己的店裡賣。書況差的書、自己不擅長的領域，或是不容易找到買家的庫存，就會拿去稱為「市場」的同業交換會換錢。簡言之就是讓其他舊書店買走。

話雖如此，只單純拿書況差的雜書去賣，其他業者也不會買去。栞子小姐利用自己龐大的知識與精明目光挑選，製作能夠找到買家的「福袋」，在其中混入可以賣高價的書。這一點我是直到最近才學到。儘管她工作中偶爾會看書看到忘我，不過她仍舊是專業的舊書店老闆。

「大輔。」

聽到她哽著喉嚨壓低聲音說，我挺直背脊停下手上動作，不過仍然蹲在手推車前面。

「我馬上就把那些書綁好放到車上。如果還要追加的話……」

我轉過頭看去，卻說不出話來。栞子小姐坐在有輪子的椅子上表情僵硬，隔著眼鏡低頭看向我。黑白分明的眼睛與長鼻梁面對著我，蒼白的肌膚看起來比平常更加蒼白。

「發生什麼事了？」

身體不舒服嗎？剛剛還不是這個樣子的。這麼說來我想起一件事──她最近兩三天在主屋裡都是拿著同樣書名的書走來走去，閱讀的速度也變得比平常慢。這表示有書以外的事情令她煩心。

「發生什麼事了，就是……要怎麼說呢……」

她喃喃自語著，突然從椅子上跪到地上。

「咦？」

我還來不及問她什麼意思，她突然從身後緊緊抱著我，雙手繞上我的脖子，在我耳邊輕語。

「我突然想抱你……」

我渾身一陣顫慄。我感覺到她的呼吸、她的溫度，當然還有其他的。我大口深呼吸之後，把自己的手疊上她的小手。

「發生什麼事了？」

她這個人平常不會在店裡做這種事。在主屋裡也因為小姨子在，所以除非在我們的臥室裡，在其他地方都會克制著不觸碰彼此。我知道有事影響了她，她想要冷靜下來才會出現這種舉動。但知道歸知道，我姑且也是健康的成年男人，突然這樣抱上來我會進退兩難。

我還在等待她的回答，就看到一張白色小紙片翩然掉落在手推車上，似乎是原本夾在栞子小姐指間的東西。對折成兩半的便條紙半開著落在《科羅拉多之子》的書封上，栞子小姐潦草的字跡映入眼簾，上頭寫著——「井浦清美」、「4/12」、「13:30」。

我撿起紙條轉頭看向牆上的時鐘。現在是下午一點二十分，而今天就是四月十二日。

「妳等一下要見這位井浦小姐嗎？」

栞子小姐退開身子彷彿受到驚嚇，接著看向我手上的紙條後，似乎想起了什麼，一臉尷尬地低垂視線。

「對……她待會兒就會過來。」

她好不容易才說出回答。我之前沒聽說今天有訪客要來；就我所知，她的親朋好友之中也沒有名叫井浦清美的人，我也不記得在客戶名單看過這個名字。

「她是客人嗎？來委託收購的？」

栞子小姐搖頭。也是——我心想。委託收購藏書的新客戶並不罕見，但如果是這樣，她就沒有必要瞞著我。

「她是客戶，但不是收購的……是有問題要諮詢……」

栞子小姐回到自己的椅子上，我也拉來一旁的圓凳與她面對面坐下。文現里亞古書堂接受古書相關事宜的諮詢，是早在創業初期就有的業務，有點像是文現里亞古書堂私下的副業。當然，很少有人知曉這點。

「那個人，為什麼會找上我們店？」

我也不自覺跟著壓低聲音說話。

「聽說她一開始是找一人書房的鹿山直美小姐商量。她們是舊識……鹿山小姐告訴她：『這種事情要找文現里亞古書堂。』」

原來是這麼回事，鹿山直美當然會建議她來找我們。正好在一年前，文現里亞古書堂接到與江戶川亂步收藏有關的委託，我們也因此認識鹿山直美。她很清楚栞子小姐的能耐。

「抱歉，我也想告訴你，可是……對方再三交代說這是家醜，不希望我告訴其他人，所以我原本打算先和對方見面，到時候再取得對方許可，把這件事告訴你。」

栞子小姐說到這裡嘆了一口氣。

「結果白忙一場……」

她之所以看起來怪怪的，就是因為這件事吧。她心裡對於瞞著我這項委託感到歉疚。既然我已經知情，就沒必要繼續瞞著了。

「然後呢？委託內容是什麼？」

我毫無顧忌地問，她稍微偏著頭。

「算是找書吧？對方希望我幫忙找回失竊的書……」

接下來是一陣沉默。這個人平常只要一提到書，話匣子就關不住，現在這反應真是罕見。我低頭看向手邊折起的紙條，上頭除了委託人名字和日期時間之外，似乎還寫著什麼。我打開一看，就看到幾個用力寫下的大字——

橫溝正史《雪割草》

《雪割草》幾個字圈上了好幾個圈，像在標示重要資訊。看樣子這樁委託是與橫溝正史的《雪割草》有關。

「橫溝正史……」

我喃喃說。他當然是很有名的作家，我們店裡也有他的全集和文庫本庫存，栞子小姐的私人書庫裡也有幾十本他的書。我雖然沒有讀過——不是我不願意讀，都要怪我奇怪的「體質」作祟，害我無法長時間閱讀文字書。所以書的內容大多數都是栞子小姐告訴我的。

「我還沒有跟你詳細介紹過橫溝吧。」

栞子小姐接過我手上的紙條說。

「你對橫溝正史這位作家了解多少？」

「我知道他創造了名偵探金田一耕助。」

我回答。我第一個想到的就是這位偵探的名字。

「他的作品翻拍的老電影和電視劇，我倒是看過不少，有《犬神家一族》、《八墓村》，還有《惡魔的手毬歌》吧。我老媽讀國中時好像正流行，在我們老家也有好幾張DVD。」

我對於這些故事只有很模糊的印象，好像都是鄉下某村落歷史悠久的家族發生殺人案，金田一偵探出面解決之類的內容。被害人要不就是頭被砍掉，要不就是倒插在湖裡，總之我記得死法都很誇張。栞子小姐點點頭。

「既然是婆婆她國中時的版本，演金田一的演員應該就是石坂浩二或古谷一行吧。」

「對。幾年前我還看過幾集稻垣吾郎主演的電視劇版本。」

每過幾年，就會重新翻拍金田一耕助系列的電視劇或電影，因此有許多演員都扮演過金田一耕助。他大概是日本知名度最高的偵探吧；皺巴巴的和服加上漁夫帽的招牌打扮，就算是我也能夠瞬間想起來。

「另外還有以金田一耕助孫子為主角的漫畫吧？」

我沒有仔細讀過，不過我記得內容都是主角遇到殺人案之後，著手破解犯案的詭計。栞子小姐苦笑說：

「那部漫畫與橫溝正史的作品無關……其實金田一耕助終其一生都是單身，甚至沒有任何內容提到他有戀人，所以我想在作者的設定中，他沒有後代子孫。」

「原來是這樣啊。」

漫畫的那句招牌臺詞連我都知道。這麼說來，金田一耕助的確不像是有老婆的人；他總是無緣無故就在鄉下小鎮冒出來破解事件謎團，接著又獨自一人隨意晃盪到別處去。

「金田一耕助系列作感覺很像恐怖故事，但書中發生的殺人案卻全都是人類兇手所為，不是幽靈詛咒之類的設定。」

「沒錯！這點很重要。大輔果然觀察入微。」

栞子小姐突然興奮地豎起食指。我完全沒覺得自己講到了重點，不過能得到她無條件的稱讚，我還是很高興。

「橫溝筆下的金田一耕助系列雖然有驚悚……詭異的元素在，不過幾乎都沒有類似靈異現象的超自然要素，屬於自始至終都是靠邏輯解謎的本格派推理。這就是早期的偵探小說風格……江戶川亂步的明智小五郎也可說是同一派的風格；縱使發生不可思議的事件，但犯人終究還是人類。」

我視線轉向上方回想著。去年接到江戶川亂步收藏的委託時，栞子小姐告訴過我許多江戶川亂步的事情，比方說，他是創造出名偵探明智小五郎的作家。當時也提到過橫溝正史。

「我記得妳說過橫溝正史和江戶川亂步很熟？他在當雜誌編輯時，曾經委託對方寫稿……」

「啊，你還記得！」

栞子小姐露出滿臉笑容。這個人教過我的事情，我沒有那麼容易忘記。話題聊得起勁，我們兩人都忍不住將上半身往前傾。

「橫溝正史與江戶川亂步是一輩子的盟友，也是一輩子的對手。一九〇二年出生在神戶的橫溝正史，經由喜愛偵探小說的朋友認識了江戶川亂步，在二十四歲那年受邀前往東京，開始在娛樂雜誌《新青年》工作。」

「他去東京之前是做什麼的？」

「他在神戶老家經營的藥局工作。他在隨筆中提過，要不是亂步的邀請，他或許一輩子就是一位熱愛偵探小說的藥劑師。亂步改變了橫溝的人生，而串連他們兩人的就是偵探小說，所以或許可以說他們兩人的人生都因此改變了。」

這兩人創造出大名鼎鼎的名偵探明智小五郎與金田一耕助。假如江戶川亂步沒有說服橫溝正史前往東京，這世上或許就不會有金田一了。

「橫溝是什麼時候開始寫金田一耕助的故事？」

「金田一耕助第一次登場是《本陣殺人事件》。這部作品從一九四六年開始連載，也就是他到東京的二十年後。當時橫溝已經四十五歲了。」

年紀比想像中更大。我突然感到不解：

「可是他在那之前，就已經是作家了吧？」

我記得在書市看過他在戰前出版的作品。

「當然。他在東京當編輯的同時，也持續發表偵探小說，只不過他當時的作品不是本格派推理，而是耽美、幻想要素較強的『變格派推理小說』。他當時是知名的變格派推理作家。」

「變格派……他寫過什麼樣的作品？」

「代表作之一的中篇小說《鬼火》，描寫的是兩位有血緣關係的畫家彼此不合。當中浪漫唯美的描寫，被政府當局認為有問題，因此要求刪除部分內容。另外就是挑戰『無臉屍體』詭計的《珍珠郎》，以及拿亂步的《陰獸》二創的《詛咒之塔》等……橫溝還有其他許多配合委託方要求而寫的各種類型小說。」

「他除了偵探小說之外，也寫其他的嗎？」

「對。最有名的就是以〈人形佐七〉系列為首的捕物帳吧。戰爭期間他失去了發表偵探小說的舞臺，主要靠著寫捕物帳和時代小說維持生計。他也寫過很多給兒童看的小說。一般人對他印象最深的是金田一耕助系列，但那只是橫溝這位作家其中一面罷了。他是全能型的說故事高手，擁有高超技術及應變能力，能夠配合狀況寫出各類型作品。」

我一邊點頭一邊專注傾聽。原來他不是只會寫本格派推理小說的作家。

我不自覺看向栞子小姐手邊的紙條——橫溝正史《雪割草》。對了，重點是這本書。

「那《雪割草》又是怎樣的內容呢？」

我才這麼問，她的表情立刻暗下來，跟原本充滿活力愉快說話的樣子不同。

「不知道……」

「什麼意思？」

談到知名作家的書，我第一次從她嘴裡聽到「不知道」這個答案。以往即使是她不曾讀過的珍稀本，她也多少知道內容。

「《雪割草》是夢幻作品。」

「夢幻作品？」

我直接重複她的話反問。

「目前只知道橫溝寫過以《雪割草》為題的作品，也找到過幾張草稿，但我不清楚作品是在哪裡發表？或者這是從未發表過的作品？我甚至不確定這是長篇還是短篇……」

「類別是推理小說嗎？」

「關於這點也是個謎。現存的草稿只有男女對話的場面，無法判斷完整的故事內容。總之就我所知，《雪割草》這部作品從不曾出版過單行本。」

沉默在店裡蔓延。我在腦子裡整理她說的內容。

「呃，也就是說……這本不可能存在於世上的書被偷了，而委託人希望妳找出來，是這樣嗎？」

經過整理之後，我還是完全不懂意思。

「是的，就是這麼一回事。」

栞子小姐以不知所措的表情回答。

「會不會是搞錯了？」

一般人都會這麼想。比方說被偷的是其他書，或者是根本就沒有書失竊。

「或許是，可是……」

栞子小姐正要接著繼續說，就聽見玻璃門打開的聲響。我看了看時鐘，現在已經是下午一點半多。

身穿灰色上班族套裝的短鮑伯頭女子走進店裡來——帶褐色的頭髮大概是用了白髮染髮劑的緣故，我媽也在用類似的商品——年齡大約是五十歲上下，圓臉看起來親切討喜，不過彷彿受驚般的大眼睛充滿不安。

她小心翼翼避開堆在通道上的舊書，朝櫃檯走來。栞子小姐撐著拐杖站起。

「歡迎光臨。」

「我是昨天打過電話來的井浦。」

她禮貌周到地打招呼。提出委託的就是這個人。她的言行舉止都很優雅，家庭環境大概不錯。

「我是、篠川……那個，恭候大駕。」

栞子小姐吞吞吐吐地回答。她還是一樣不擅長接待客人。儘管如此，她仍然抬起頭面對客人，看著對方的眼睛說：

「請讓我聽聽您的委託。」

*

主屋的對話在緊繃的氣氛中展開。

「我應該特別叮嚀過，不希望這件事有其他人知道。」

井浦清美以冷冰冰的聲音對栞子小姐說。放在矮飯桌上的名片，印著鎌倉山的地址與設計事務所的名稱。她自己的住處也在那附近，她表示自己是蹺班過來這裡。

她隔著矮飯桌盯著栞子小姐，沒有瞧抬頭挺胸跪坐在紙拉門前的我一眼。順便補充一點，我之所以待在走廊邊，是擔心有其他客人上門，所以主屋和書店之間的門也開著。

「十、十分抱歉……是我的、疏失。」

栞子小姐深深鞠躬。

「可是那個……呃，我原本就打算向您要求，希、希望他也一起列席、旁聽。」

她伸出手掌用力指向我。不曉得是緊張還是害羞，她不敢看我的臉。

「他是、我的、丈、丈夫……篠川大輔，是很可靠的人！」

井浦清美這才第一次看向我。她看了看我的臉，然後瞥了一眼我的雙手。我後來才想到她是在確認結婚戒指。

「那妳丈夫對於舊書的事情也很熟悉嘍？」

「沒有！他不熟！」

栞子小姐以高八度的聲音朗聲否定。這種時候絕對不會包庇，就是栞子小姐的優點。若說我沒有感到心情複雜就是騙人的了，但我更不想聽到虛偽的客套話。

「不過，他很認真在學習舊書相關知識，而且他一定能成為解決這件事的助力。在我無法做出判斷時，總是大輔給我靈感！他的這種地方也是我……」

她突然面紅耳赤閉上嘴。我的背部也一陣酥麻；我很想知道「他的這種地方也是我……」接下來要說什麼，但現在不是說這些的時候，我晚一點再來好好問她。

「你們兩位是什麼時候結婚的？」

井浦清美問。她的表情與語氣也在不知不覺間放鬆了。我們互看彼此一眼。

「半年、前。」

栞子小姐回答。登記結婚是在去年秋天。

「真好。我很羨慕。」

委託人這樣小聲說完，垂下視線。雙手在矮飯桌上交握的她，手上沒有婚戒。

「我們繼承上島家血統的人，都沒有配偶。大家的另一半不是早死就是離婚……明明同樣都是寂寞的人，卻只會彼此互揭瘡疤。這次的情況也是如此。簡直就像金田一耕助作品中會出現的故事……雖然我們家沒有人遇害。」

她語帶嘆息地說。我聽栞子小姐提過這件事是「家庭醜聞」，代表至少這個人認為犯人就在親戚之中。

「妳在電話裡說……失竊的是橫溝正史的《雪割草》這本書。」

栞子小姐說。井浦清美搖頭。

「現階段只是有人這樣主張罷了，實際上到底發生什麼事，我也不清楚……所以我想請你們幫忙調查。

今年二月，我那位血緣關係上的阿姨、長久以來掌管上島家的上島秋世，以九十二歲高齡過世。這就是一切的開端。失竊那本書是她多年來持有的物品……這件事情也與遺產繼承有關聯。」

我把上島秋世這個名字刻在腦海中。她是書的持有人，今年九十二歲表示她是在橫溝正史活躍的時代出生。井浦清美清了清喉嚨，接著說：

「我還是按照順序把事情說明清楚比較好……上島家是靠秋世的父親上島隆三在大正時代累積的財富代代相傳下來。雖然失去了包括東京麻布的主宅等幾處不動產，不過現在仍保有由比濱的大宅，家產的數量也仍然龐大到親戚們都很關注遺產將如何分配。」

「我聽長谷的同業提過相關傳聞。」

栞子小姐說。我最近才發現她居然對鎌倉的老房子都很熟悉。舊書店老闆似乎也會彼此交換情報；大概是因為老房子有可能出現高價舊書吧。

「聽說你們家族是與貴族有關的名門……還曾經擁有男爵的爵位。」

「我只是旁支之一，沒有多大的權勢。我獨立創業時也沒有本家的援助，即使成功，眾人也只會在背後說我是暴發戶。」

那是我完全無法想像的世界。這個人說得很諷刺，卻又跟沒有財產也沒有名聲的一般老百姓完全不同，的確很像金田一耕助作品中會出現的豪門家族。

「秋世阿姨個性文靜但責任感很強……就像是長女的範本。第二次世界大戰後，許多貴族都逐漸沒落凋零，我們卻還能過上不錯的生活，也要歸功於她。」

「她有結婚嗎？」

「戰前結過一次婚。她的丈夫和兒子死於戰爭……她在戰爭結束的同時返回娘家。娘家在麻布的主宅卻在東京大空襲中燒毀，家主上島隆三和妻子笑子於是遷居到原本是別墅的由比濱大宅。我聽說秋世阿姨為了照顧年邁的雙親、妹妹們，以及過來投靠他們的親戚，忙得分身乏術。」

「上島秋世女士有多少兄弟姊妹呢？」

「她底下有兩個年紀小很多的妹妹。她們現在還活著。」

委託人的說話方式引起了我的注意。如果上島秋世是她的阿姨，那麼兩位妹妹其中一位就是她的生母，她的語氣卻莫名疏離。

「對了，我不久之前找到她們三人的合照……不過年代久遠了。」

她從手提包拿出透明名片夾，褪色的黑白照片就收納在其中。

「我今天是打算拿給待會兒要碰面的親戚看，所以帶在身上。她們三人的合照，就我所知也只有這一張。」

我也跪高湊近看向矮飯桌上的照片。三名女子背對凹間端正跪坐著，中間兩位年輕女孩身穿正式和服，模樣看起來才十幾歲。這兩人大概是妹妹吧。

另外一位打扮樸素的女子與她們有點距離，身穿素色毛衣與裙子，大約是二十幾快三十歲，與帶著愉快微笑的兩人不同，她緊抿嘴唇，平靜地回望著相機；單眼皮小眼睛也與妹妹們的深邃大眼形成對比。

「這位穿毛衣的人就是秋世阿姨。」

我聽著委託人的說明，凝視兩位妹妹。兩人身上的和服都有華麗的白鶴與牡丹刺繡，漂亮的髮型也很類似，就連長相也十分相像。

「穿著和服這兩位是雙胞胎嗎？」

我第一次開口說話。與照片上年輕女孩們相似的雙眼皮大眼睛看向我。

「對。她們是同卵雙胞胎。右邊的是初子，也就是我的母親，她是雙胞胎之中的姊姊，與血緣關係上算是我阿姨的春子……不管在當時或現在都長得很相似。身為家人的我甚至還會認錯。」

琹子小姐說了一聲「不好意思」就拿起照片，仔細端詳三姊妹之後，翻到照片背面檢查。

「昭和二十三年 正月」

細小字跡這樣寫著。我在腦子裡換算那是一九四八年，也就是距今六十四年前。在那行字底下寫著三個人的名字——「上島秋世、春子、井浦初子」。

「妳的母親……初子女士的姓氏不同呢。」

琹子小姐看向委託人。這個人同樣是姓井浦。

「家母出生沒多久，上島隆三就把她過繼給他沒有小孩的妹妹與妹夫領養，也就是井浦家。井浦家雖然從事貿易業，不過是沒有爵位的平民家庭。這是雙方共同的決定，所以家母在戶籍上也完全屬於井浦家的人；即使繼承上島家的血脈，嚴格來說不能算是上島家的一員……當然這件事也影響到這次的遺產繼承。」

原來如此——我心想。我對法律上的規定不是很清楚，不過看樣子是井浦初子無法得到上島秋世的遺產。

「這張照片是在哪裡拍攝的呢？」

栞子小姐把照片翻回正面問。

「在由比濱的上島家大宅。當時井浦家的人也到鎌倉投靠上島家，他們原本直到戰爭結束都住在上海，後來卻被遣返回國，所以沒有住的地方。

上島家有四個人，井浦家三個人，再加上住在大宅裡的僕人，也就是一共有八個人住在一棟房子裡。雖然不至於擁擠到摩肩擦踵的程度，不過聽說經常爭執不休。」

井浦清美伸出手，以指尖輕輕點了點照片上初子和春子的臉。

「尤其水火不容的就是這兩位……雖然她們在這張照片裡笑得很開心。」

「長得這麼相似，感情卻很差嗎？」

我問。法律上來說，這兩姊妹成了表姊妹，但這也改不了她們是血脈相連的雙胞胎這項事實。

「因為她們的個性截然不同……現在也是，一碰面就一定會吵架。」

井浦清美說到這裡停住，垂下視線看著舊照片。

「被懷疑偷走秋世阿姨持有的《雪割草》的人，正是家母初子……而主張竊嫌是家母的人，就是拍照時在她旁邊的春子阿姨。」

「事情發生在秋世阿姨頭七那一晚。雖說是頭七，也就是關係親近的家族參加的追悼會……用餐完畢後，我和母親也留在上島家。因為春子阿姨說有些話要說，就硬是把我們留下。在場的有喪主春子阿姨、她的兒子乙彥表哥，以及我們母女倆，再來就是管家小柳女士。

我原本以為她是要跟我們討論四十九天法會的事情，沒想到春子阿姨突然態度激烈地對著我母親說：『偷走《雪割草》的人就是妳吧？』家母的反應……至少在我看來是一臉錯愕。

春子阿姨表示：『橫溝正史的《雪割草》這本書，是秋世姊多年來的寶物。姊死了，那本書就變成我的。可是放書的收納箱卻是空的。只有極少數親戚知道那本書的存在……井浦家的妳沒有資格繼承那本書，所以才會趁葬禮忙亂時把書偷走。』」

我回想上島家的家譜。上島秋世沒有小孩，所以她名下財產的繼承人，只有戶籍上的妹妹上島春子。即使只是一本書，井浦初子也沒有資格分到。

「家母當然否認，她說她不記得有那本書，對橫溝正史也沒興趣，說春子阿姨終於也老人癡呆了……接下來就剩下相互謾罵。

直到乙彥表哥出面安撫春子阿姨說：『用不著現在談這件事吧。』才好不容易結束爭執。」

「妳的表哥上島乙彥先生也認為《雪割草》是被偷了嗎？」

栞子小姐插嘴。「用不著現在談」，意思也就是「總有一天還是要談」。

「或許吧。最先注意到收納箱遭破壞的，聽說就是乙彥表哥。他也沒有親眼看過《雪割草》……我待會兒要和乙彥表哥碰面，我打算問清楚一點。其實我更早之前就想和他談談，不過他正忙著移民沒空。」

「移民？」

「乙彥表哥辭掉了之前待的旅行社，計畫去幫在印尼開公司的朋友。他去年剛離婚，或許也是打算要換個新環境。秋世阿姨過世前也贊成他的決定，還對他說：『你別擔心這個家，儘管去做你想做的事吧。』」

「妳與乙彥先生感情好嗎？」

「很好。我們年齡相近，血緣上又是表親，他也為了離婚調解的事情找我商量過好幾次……我自己在十幾年前已經離婚，不過我有小孩要養，跟他的情況不太一樣。」

我們含糊點頭，耳裡還殘留著離婚調解這個沉重的詞彙。上島乙彥是恢復單身，而眼前這位在離婚之後似乎還必須養小孩。

「沒有人考慮去報警嗎？」

「沒有。」

井浦清美答得很乾脆。

「鬧出這種醜聞，只會丟上島家的臉。我這樣說對你們很失禮，不過，簡單來講就是弄丟一本舊書罷了。如果可以的話，我們希望私下解決就好……可是這一個月來，春子阿姨頻頻到我們家裡找我母親吵架……」

她搖搖頭，似乎是對於這種情況感到厭煩，所以才會找上文現里亞古書堂諮詢。但是我覺得不讓警方介入，最終就是包庇犯人而已。不管動機是什麼，交給專業人士出面，才能夠弄得一清二楚。

「這次的事件大致上可以分成兩個謎團。」

栞子小姐豎起兩根手指。不曉得什麼時候她已經收起平常內向的一面，變成一提到書就充滿自信的她。

「首先第一個謎團是，上島家究竟發生過什麼事？我在電話上也提過，沒有人能確定橫溝正史的《雪割草》這本書確實存在。」

「不過《雪割草》這部作品，姑且算是存在，對吧？」

「是的，但這部作品應該並非以書本的形式出版。上島家究竟是因為某些原因所以存在《雪割草》這本書？或者其實是截然不同的其他作品……」

「又或者失竊只是亂講──妳是這個意思吧？」

井浦清美接著說。看來她心裡也一直認為有這種可能。栞子小姐點頭：

「另外一個謎團是，假設《雪割草》存在的話，到底是誰、用什麼方式偷走的呢？上島春子女士認為井浦初子女士是犯人的原因也不清楚……我可以找其他人談談嗎？」

「可以。這意思是你們答應接受委託了嗎？」

「是的，當然。」

栞子小姐堅定地回答，委託人反而皺起眉頭。

「有件事我必須先說，你們查出真相之後，請務必老實告訴我，不需要顧慮我什麼。假使我的母親真的是犯人也沒關係……老實說我認為犯人如果是家母，也很合理。」

她蹙著眉，露出痛苦的表情。井浦初子如果真的偷了《雪割草》，對於這個人來說就真的是「家醜」了，而她今後也將很難進出上島家。但她還是做好心理準備想要解決這件事。真是意志堅強的人。

「就算沒找到書，我也會支付調查費用。至於金額，我們之後再討論。」

這個提議背後的意思我也聽懂了──「調查費用」還包含了封口費。雖然我們並不需要，不過拒絕的話，委託人或許反而無法放心。

「啊，那個不用。」

栞子小姐二話不說就拒絕了。可以那麼輕易就說不用嗎？我訝異地凝視她的側臉，只見她的雙眼像孩子般閃閃發亮。看樣子她在乎的是錢以外的東西。

「如果可能的話……如果橫溝正史的《雪割草》真的存在，而我們平安無事拿回來的話，在交給您之前可否先在我這邊放一陣子呢？兩個小時、不，一個小時也足夠。當然有上島家的人在場也沒關係。」

「什麼意思？」

對方才問完，栞子小姐立刻回答：

「我想看。」

委託人瞠目結舌。果然是這樣——我無言以對。既然是橫溝正史的「夢幻作品」，身為書蟲的這位當然不可能不想看。她待會兒大概也會繼續跟我說橫溝正史的相關故事——那倒無所謂，反正我也想聽。

「我沒有那本書的所有權，無法跟妳保證，不過……」

井浦清美的嘴邊浮現笑意，似乎很欣賞栞子小姐。

「我會盡量幫妳爭取。就請你們多幫忙了。」

她以開朗的聲音說完，再度低頭鞠躬。

＊

緊接著到了店裡的公休日，我和栞子小姐來到江之電的和田塚站。

走出驗票閘門，往海的方向前進。就這樣繼續走下去的話，就是海濱公園和由比濱海水浴場。

這天的天氣很晴朗，海風也很怡人。現在這個季節，海邊沒有幾個人。在這樣的春季午後真想來場約會，可惜我們接下來有正事要辦。我們約好去上島家打聽《雪割草》

失竊案的來龍去脈，井浦清美已經在那裡等著我們。

琹子小姐穿著水藍色風衣，踩著穩健的步伐前進。鋁製拐杖在地上敲出叩叩聲。我們也經常像這樣在公休日外出，順便當作是幫她復健。我想總有一天她會不再需要拐杖。

這一帶過去曾經是避暑勝地，也是鎌倉人氣很高的區域。設計講究的獨棟建築相當醒目。彎過轉角走進窄巷後，琹子小姐指著前方。

「就是那裡。」

巷底有一扇雙開大門。在裝飾過的鐵欄杆另一側，可看見一棟兩層樓的宅第，那兒就是上島家。我之前聽說上島家大宅是歷史悠久的歐風住宅，但大概是斜度平緩的屋頂與牆上貼著木板，處處都充滿著日本風的氣氛。據說大宅是昭和初期赫赫有名的建築師所設計。

或許也因為如此，這棟建築顯然與附近其他住宅格格不入，很有昔日男爵住居的氛圍，風格耐得起時代考驗。

「跟想像中差不多，就是金田一耕助會出現的地方……」

「對，雖然沒有經過證實，不過似乎有點故意要給人這種感覺。」

我聽栞子小姐說了許多關於橫溝正史——特別是金田一耕助的事情。提到本格派推理小說時，她的原則就是不劇透，也因此我對於陌生作品的結局和詭計一無所知，反而痛苦到不行。

今天約好待會兒要與上島春子見面。她就是上島家雙胞胎的其中一位。

「這麼說來，妳不覺得金田一耕助的小說裡，有很多篇故事都出現外貌相似的親戚嗎？」

「沒錯。」

我說出自己的感想，栞子小姐也同意。

「最有名的就是《犬神家一族》吧，其他如《醫院坡上吊之家》、《八墓村》、《惡靈島》……短篇的《水井滑輪為什麼發出吱嘎聲》也是。這種設定雖然是經典懸疑小說常見的元素，不過橫溝用得特別多。除了金田一耕助系列之外，他在戰前的代表作《鬼火》也是描寫長相神似的堂兄弟彼此不合……」

栞子小姐突然沉默。我想大概是跟我有同樣疑問——戰前延續到現在的前貴族世家、複雜的家庭關係、互相敵視的雙胞胎姊妹——這次的委託，有很多讓人不自覺聯想到金田一耕助系列的巧合，再加上失竊的是橫溝正史的書，這一切真的都是偶然嗎？會不會是有人在背後操控？

來到大門前的琹子小姐按下對講機。井浦清美開口請我們進門。我打開沉重的大門讓琹子小姐入內，我們走過石板路前往玄關。寬廣的庭院草坪經過妥善打理，幾乎沒有人工種植的樹木，不過角落花壇開的淺紫色花朵很引人注目。

「那個就是雪割草。」

琹子小姐為我解釋。或許是故人的喜好。

上島秋世過世後的現在，住在這棟大宅的，就只剩下她的妹妹春子。春子的兒子，也就是秋世的外甥上島乙彥聽說就住在附近。我們找上島春子問完話之後，也準備去找上島乙彥問話。

玻璃格子的玄關門打開，出現一位穿著寬鬆黑色洋裝的老婦人。不管是一絲不苟紮起的白髮，還是醒目的鷹勾鼻與滿是皺紋的臉，完全看不出與那張照片有相似之處。畢竟已經超過半世紀以上了，有這樣的轉變也是理所當然。她用力瞇起眼睛仰望我們。

「妳好……」

我們正打算開口打招呼，井浦清美就從門後探出頭來。她今天似乎也是蹺班過來，身上還穿著上班族套裝。

「這位是小柳女士，從很久以前就在這裡幫傭的管家。」

原來不是上島春子。這麼說來的確聽說有管家在，不過我沒想到年紀居然這麼大。

「妳好，敝姓篠川。」

栞子小姐不失禮儀地鞠躬問候，我也跟著做。姓小柳的管家一語不發地點點頭致意，隱約看得出來我們不太受歡迎。

我們跟著管家走在牆上有木板裝飾的走廊。這棟大宅的格局是日西合併的風格。在和室的佛壇上過香之後，栞子小姐開始打量發生過「竊案」的現場。

「上島春子女士外出了嗎？」

聽到栞子小姐的問題，走在前面的老婦沒有回答。根據井浦清美的說明，小柳管家年輕時是住在大宅裡，直到婚後才改成通勤上下班，已經在這裡工作超過六十年。聽說上島家為了協助她處理需要力氣的工作，特地另外僱用居家幫手。

「春子阿姨在二樓。」

井浦清美苦笑著接話。

「都怪我向你們求助，似乎惹得阿姨不快。她說：『我沒有話要對外人說。』」

我沒料到書遭竊的受害者會拒絕，看樣子這家人真的非常不希望這件事曝光。

「往這邊……」

小柳以沙啞的聲音說。那兒是一扇上了大掛鎖的鐵門，趁著開鎖時，井浦清美替我們說明。

「這裡是上島家的倉庫。裡頭也有昂貴的物品，因此總是像這樣鎖著。而且裡面也沒有窗戶。」

「請問有哪些人擁有鑰匙呢？」

栞子小姐問管家。鑰匙無法順利插入鎖孔，只有喀嚓喀嚓的鐵器聲徒響。小柳似乎對此有些不安，眼神帶著茫然停下動作之後，總算回答問題。

「春子夫人、乙彥少爺，還有……秋世夫人。其他人沒有鑰匙。」

一共三人。換言之只有上島家的人擁有鑰匙。

「小柳女士，妳現在用的鑰匙呢？」

拿掉掛鎖的小柳停下手上動作。

「這是秋世夫人的鑰匙。她在過世前一天交給了我……她說：『如果倉庫裡有葬禮需要用到的物品，儘管拿出來。其他的就再麻煩妳了。』」

能夠拿到家人才有的鑰匙，可見她相當受到上島秋世的信賴。畢竟是在這裡服務了六十年吧。

「這扇門有可能哪天沒上鎖嗎？……我的意思是，沒有鑰匙的人有沒有機會進入倉庫？」

「秋世夫人告別式那天……所有人都前往火葬場之後，倉庫門曾經打開一個小時左右，為了收拾葬禮的用品。」

她以肯定的語氣回答。既然她是家裡的老僕，告別式應該也有資格列席，她一定是為了完成女主人最後的指示才會待在這裡，把拿出的用品收拾乾淨吧。

「妳一個人獨自進行嗎？」

「我一個人。」

「那段期間，有沒有其他人也在場呢？」

管家打開牆上的電燈開關，似乎在迴避回答這個問題。這個倉庫空間比想像中更大，也的確沒有窗戶。各式各樣老舊的大木箱與家具整齊收納在其中。配合空間訂做的櫃子上擺放著玻璃檯燈、陶瓷器等物品，感覺就像古董店的倉庫。

「小柳女士，當時有誰進來這裡了？」

井浦清美問。看來她也不知道有這件事。小柳一語不發地進入倉庫，把掛鎖放在青銅製的老舊花園桌上。她佝僂的背影傳遞出緊張的氣息。

「如果她真的來了，妳就老實說……不需要顧慮我。」

女管家仍舊低著頭不動，最後終於從雙唇擠出小小的聲音。

「初子夫人來過。」

好一會兒沒人說得出半句話。我們也像受到吸引般踏進倉庫。

「當時的情形，您可以詳細說給我們聽嗎？」

琹子小姐催促道。

「我正在搬客人用的椅子，就看見初子夫人拿著四方形布包從這個倉庫走出來……當時就我所知，餐會才剛開始，所以我感到不解，出聲喊她，她卻沒有理會，逕自離開……」

井浦清美的臉色發白；她雖然有想過母親可能是犯人，但沒有料到會是這樣血淋淋地聽到證詞。

「我為自己之前一直瞞著沒說道歉……因為春子夫人要求我別告訴跟這件事無關的清美小姐。」

井浦初子被當成是犯人原來是有根據的，至少可以確定她曾經從這間倉庫拿了東西離開。還有一點——看樣子我們的委託人也被上島春子視為外人。

「等一下……妳說的是離開火葬場之後的餐會，對吧？就是下午兩點之後的？」

小柳沉默表示認同。

「不對啊，那個時候家母人在餐會會場的料亭。她才剛抵達那裡就身體不舒服，借了一間空房間躺著休息。」

「那間料亭在哪裡？」

「在八幡宮二之鳥居的旁邊。」

距離這裡不是太遠，開車往返大約只要十五分鐘。

「我人就待在走廊上，所以她不可能到這裡來……妳看到的那個人，真的是我母親嗎？」

她要表達的意思很清楚，就是說那個人有可能是長相別無二致的上島春子。女管家的臉色一變。

「那個人不是春子夫人。那位穿著有細直條紋的灰色『道行』，就是初子夫人那天帶著的。」

她有些急地說完想說的話。「道行」是和服用的外套，我以前看過外婆穿去參加新年參拜。大概是為了保暖吧。

（嗯？）

這樣就不對了，這樣子變成井浦初子在下午兩點左右同時出現在料亭和這棟大宅。但在場的兩位看來也不像是在撒謊。

「小柳女士。」

琹子小姐緩緩開口：

「您是根據灰色道行判斷，也就是說，除此之外兩位夫人的髮型與服裝都一樣嗎？」

小柳一時語塞，一臉不解地絞著手指。

「是、是的……沒錯。」

「的確很像。」

井浦清美也贊同。

「她們兩人都穿有家徽的和服……有時我也會分不出來，必須看家徽確認。」

親生女兒都這麼說，代表真的很像吧。穿上道行就能夠遮住喪服的家徽，也就更加難以分辨。

「上島春子女士沒穿道行嗎？」

栞子小姐問兩人，女管家搖頭。

「是的……因為春子夫人說過，不管多冷的天氣，在喪服外面套上其他衣服很沒氣質……非常抱歉。」

那句道歉是對井浦清美說的。春子女士的說法，彷彿在嫌棄穿道行的井浦初子很沒水準。

「沒關係，我知道春子阿姨說過這些。她們兩人在火葬場時從頭到尾也一直在為這件事互相對罵，說：『穿著那種道行，妳不覺得丟臉嗎？』『至少比忍受寒冷，一邊發抖一邊還要佯裝沒事來得好』……我覺得這場爭執本身還比較丟臉。」

我由衷同情嘆氣的井浦清美。在火葬場聽家人互相叫罵，應該很想走人吧。

「井浦小姐，妳的母親在料亭休息期間，妳沒有待在那個房間裡，對嗎？」

聽到栞子小姐的提問，井浦清美似乎很困惑。

「對……家母說，旁邊有人的話她無法休息，說想要一個人待著。可是，我幾乎沒有離開走廊，只有乙彥先生打電話到我的手機時，我離開了一兩分鐘沒待在房間前面，但我很快就回來了。家母也頂多休息了二十分鐘，很快就恢復精神離開房間了。」

這樣反而更不自然。原本不舒服的人會那麼快就恢復嗎？簡直就像故意在製造一個人獨處的時間，而且二十分鐘已經足夠搭計程車往返大宅和料亭。

「那個空房間有窗戶嗎？」

「有一扇面對庭園的外開窗，為了換氣而打開，但人無法從那兒進出，因為窗戶可以開的幅度不大。」

井浦清美張開手指做出握著棒球的寬度。這種大小要從窗戶進出的確很困難，不過若是看準井浦清美不在走廊的時機，就有機會離開。

陷入沉思的我，眼尾突然注意到有東西在動。我轉頭看向倉庫外面，正好看到一個人影悄悄躲進走廊盡頭。剛才有人在偷聽。或許是照理說人在二樓的上島春子。既然好奇，跟我們見面談談不就行了？

「小柳女士，妳在這裡看到那個與妳擦肩而過的人，拿著的布包大概有多大呢？」

栞子小姐重新轉向女管家說。

「大概……這麼大吧，薄薄的。」

小柳以雙手比出一個四方形，大小跟大本雜誌差不多。

「不小呢。」

井浦清美說出和我一樣的感想。

「因為《雪割草》就是那麼大的書。」

原來如此，那麼大的書——嗯？我們全體看向小柳。

「小柳女士！妳親眼看過《雪割草》嗎？」

栞子小姐的語氣變得很雀躍。女管家的視線惶恐不安地游移著，似乎不擅長裝傻。

「沒、沒有……我……」

「我明白妳對於我們這些初次見面的外人充滿戒心。」

栞子小姐把臉湊近女管家，女管家因此往後退。

「可是再這樣下去，上島秋世夫人最寶貝的書將會有什麼下場呢？假如被轉賣給第三人，就很難拿回來了。最糟的情況或許就是那本書將會去向不明。所以請妳把妳知道的一切都告訴我們。」

倉庫內一片寂然。栞子小姐那番認真的勸說——我想其中也摻雜著想要一窺橫溝正史「夢幻之書」的欲望——打動了對方的心。小柳終於抬眼，緩緩開口。

「那本書的確是秋世夫人無可取代的寶物……那是她與早逝主人之間充滿回憶的物

品。我也只有看過封面，沒有讀過內容，只隱約知道內容是小說之類的，不過直到最近我才知道作者的名字。」

「上島秋世女士平常有在看橫溝正史的作品嗎？」

「我聽說夫人學生時期的嗜好是閱讀，不過偵探小說應該不是她的喜好。當時的藏書中沒有任何那一類的作品。」

「也就是說，她是婚後才開始看起那類作品……」

「這方面我不清楚，不過她在回到這棟大宅後，就不曾買過小說，頂多偶爾看看新聞小說。」

看來她在看推理小說之前不太看小說。女管家繼續說：

「而秋世夫人唯一最寶貝的就是那本《雪割草》。她絕不讓人碰那本書……這是平易近人的秋世夫人，在這個上島家，唯一要求眾人遵守的規定。」

「戰後不久就住進這裡的井浦初子女士，也知道這項規定嗎？」

聽到栞子小姐的問題，小柳瞬間蹙了一下眉頭。

「應該知道……」

她停頓了一會兒才回答，似乎有什麼不願意回想起來的往事。

「《雪割草》是一本美到引人矚目的書；硬皮書封貼著淺紫色的布面，上頭只有金線刺繡的書名。那是主人手工製作、世界上獨一無二的書。」

「所以那是一本自製手工書……上島秋世女士的丈夫裝訂的書，是嗎？」

自製手工書這我姑且聽過。只要備妥材料，就能享受自己做書的樂趣，這類書偶爾也會拿到我們店裡要求收購，簡言之就是非經出版社發行的書籍。既然是獨一無二的書，也就不可能出現在舊書市場。

「書的內容……《雪割草》的原稿，妳的主人是從哪裡取得的呢？」

問題就在這裡。假設是曾經在某處發表過的作品，之前怎麼會完全不曾有人看過？

「我也不清楚……我沒聽說先生喜歡偵探小說。」

目前只知道《雪割草》是夫妻兩人充滿回憶的物品，卻不知道這本書與他們兩人是如何產生關聯。他們到底是在哪裡接觸到橫溝正史的小說？

「聽說先生除了書之外，從小小的日常用品到大型家具，全都喜歡自己親手製作。或許因為他以前的工作是鐘錶匠，所以他的手相當靈巧。」

鐘錶匠嗎？一個疑問突然掠過我的腦袋。我聽聞上島家是貴族世家，過去的情況我不清楚，不過這種家庭的長女能夠與鐘錶匠結婚嗎？

管家接下來正好回答了我的疑問。

「秋世夫人這輩子唯一一次堅持不退讓的，就是她的婚姻。大老爺……上島隆三先生原本打算找個女婿入贅，繼承上島家。

可是，秋世夫人與在麻布主宅修理鐘錶的鐘錶匠互生好感……儘管差一點鬧到斷絕親子關係，夫人卻被迫離開東京，就跟逐出家門沒兩樣。於是夫人他們投靠先生的親戚，搬到新潟去住。」

「新潟……」

在我身旁的琹子小姐喃喃說。這個地名似乎引起她的注意。

「後來與美國的戰爭爆發，少爺誕生，一家三口好一陣子過著平靜的日子，《雪割草》也是先生在那段期間送給夫人的禮物。可是後來戰況惡化……徵召出征的先生戰死，少爺在戰爭結束前的一場空襲中死於家中。

從大火中抬出來的，只剩下少爺燻黑的遺骸，以及那一本《雪割草》……秋世夫人被迫站在這棟大宅玄關那日的場景，我記憶猶新。她懷中牢牢抱著的，僅有裝了少爺骨灰的小骨灰罈，以及用舊布包裹的大書。

當時年僅十五歲的我，因為東京大空襲失去父母和姊姊，才剛在仲介幫助下開始在這裡工作。秋世夫人耐心教導我這個沒上過學也不會做事的孩子……也曾經在半夜溫柔擁抱害怕哭泣的我，比較辛苦難受的明明是夫人……」

小柳管家隱忍不住，弓著背咽咽哭了起來。秋世女士對她來說就像姊姊吧。我要她在花園桌旁的青銅椅坐下。椅子與桌子有著相同的薔薇花紋，似乎跟桌子是成套的。小柳管家終於拿出手帕擦去眼淚，坐著繼續說：

「抱歉，我失態了……回到《雪割草》的事情。秋世大人把那本書擺在自己的房裡，每晚用來思念家人。」

「所以書並不是一開始就放在倉庫裡嗎？」

栞子小姐問。

「是的。發生某件事之後才換地方的……

那是在戰爭結束大約三年後，井浦家的親戚也都住在這裡，是這棟大宅最熱鬧的時期。當時這套英國製的花園桌擺在庭園裡，我打開窗戶準備打掃二樓，就看到有人坐在這套桌椅前閱讀《雪割草》……」

我看了看上了掛鎖的老舊花園桌椅。英國製，肯定價值不菲吧，感覺很適合擺放在庭園的大草坪上。

「是哪一位？」

「初子夫人……不，也有可能是春子夫人。那個人剛放學回到家，還穿著水手服的制服。」

小柳管家回答得不是很肯定。沒想到雙胞胎的難以分辨在這裡也成了問題。

「妳的意思是兩位都有可能嗎？」

琹子小姐確認。

「您說得沒錯。當時她們兩位就讀同一所中學，而且我的距離有點遠，看不清楚那個人的臉……總之，我因為有人把《雪割草》拿出去而嚇了一跳，不免懷疑是否經過秋世夫人的同意……

不出所料，秋世夫人正好走進庭園，大聲責罵了那位夫人。那是我唯一一次看到夫人發脾氣。後來，《雪割草》就改收進那處鐵櫃裡。這六十年來，除了秋世夫人之外，應該沒有其他人讀過那本書。」

小柳管家起身，領著我們走到倉庫角落。那兒擺著一個生鏽的大鐵櫃，以五金零件固定在地上，開了一條隙縫的門上有一道數字轉盤鎖。這東西說是鐵櫃，更像是保險箱，而且是歷史悠久的保險箱。

「轉盤的密碼，只有上島秋世女士曉得吧？」

「是的，只有夫人知道。在她過世之前，似乎有告訴春子夫人，但……」

刻著數字的轉盤上沒有遭破壞的痕跡，或許隨便幾個數字排列組合就能破解。

我和栞子小姐打開櫃門看向裡頭。櫃子內現在空無一物，不過櫃內的空間足以收納一本大尺寸的書。

「這裡面只放《雪割草》，沒有其他物品嗎？」

「有一陣子也放了土地權狀等，不過現在那類文件我想應該是放在銀行保險櫃。」

也就是說失竊的東西只有《雪割草》。栞子小姐點頭接受這個答案，轉向小柳管家。

「關於《雪割草》，妳提到它的大小是這樣，對嗎？」

說著，她以手指比出一個四方形。小柳管家默默點頭。

「還有……閱讀的時候書是擺橫的，不是擺直的翻閱，對嗎？」

她接著做出由下往上翻的動作，就像在翻牆上的月曆。這讓我很難想像那本書的內文是什麼樣的排版。小柳管家錯愕的臉上更顯驚訝。

「對、對……您說得沒錯。在庭園桌前看書的那位，也是把書擺橫的，把書頁由前往後翻……您怎麼會知道？」

我也很好奇。目前只知道琹子小姐一如往常發揮出過人的洞察力。

「那是因為《雪割草》……」

她正要開口說明，倉庫門口突然傳來木頭地板的吱嘎聲。在場的四個人同時回頭看去，就看到一位老婦人正從走廊上偷瞧著這邊。她穿著鮮紅色外套、綠色褲子，戴著黃色針織帽與圍巾禦寒。看樣子她很喜歡原色。那人的長髮已然蒼白，但受驚般的大眼睛仍然留有那張舊照片裡的痕跡。

這個人從剛才就在窺探我們。她是住在這棟人宅的上島家人。

「打擾了……」

琹子小姐和我正要問候。

「媽！」

「初子夫人！」

另外兩人同時開口。原來這位不是上島春子，而是另外一位雙胞胎。

「被發現了。大家好。」

井浦初子挑起一側臉頰微笑，以清晰低沉的嗓音開口打招呼。

「媽，妳怎麼在這裡？」

井浦清美問。她的母親以下顎指指我們。

「因為妳把那些人找來家裡。」

看她的動作就知道她對外人有什麼想法。委託人很尷尬地紅著臉。

「我不容許春子與小柳管家惡意栽贓。就算站上法庭，被告也有反駁的權利，不是嗎？」

「我沒有撒謊。」

小柳管家一臉不悅。

「告別式那天，從這間倉庫走出去的人，穿著初子夫人的道行……這點我可以肯定。」

「那個甭說當然是春子準備的。小柳管家，妳的眼睛變差了吧？剛才要打開這道鎖也花了些時間不是？春子也是看準了這一點，才想要誣陷我入罪。那個人只要能夠打擊我，什麼都願意做……你們也承認吧。」

這次沒有人有意見。她和上島春子的關係似乎真的很差，至於她看到了打開掛鎖的情況，表示她從一開始就在偷聽我們的對話。

「況且我也有不在場證明。小柳管家看到犯人進出這裡時，我人確實在料亭。清美就在我休息的房間外面。」

井浦初子同樣以下顎指了指女兒，態度彷彿在談的是自己養的狗；她不只是對外人如此，對親生女兒或許也同樣看不起。

（明明同樣都是寂寞的人，卻只會彼此互揭瘡疤。）

——我想起接受委託時井浦清美說的這句話。

「可是清美小姐曾經離開房間前去講電話。」

琹子小姐沒有說話，所以我忍不住插嘴。井浦初子的笑紋加深。

「她只離開了一次，而且只有幾分鐘。就算我能夠趁機離開房間，也沒辦法在她沒發現的時候回房吧。難不成你認為我女兒也是共犯？」

我無話可說。的確，如果沒有女兒協助，這個人無法來回大宅這裡和料亭。假如井浦清美是共犯，就不用特地委託我們找書了。

問題是我感覺很不自然——對方反駁的論據未免太完美。包括在料亭突然身體不適的情形在內，她似乎早就知道自己會遭到懷疑。

「初子女士，妳看過《雪割草》嗎？」

栞子小姐終於發問。

「我不記得了。」

井浦初子半瞇起眼睛輕輕搖頭，感覺像在敷衍，卻也沒有否認她看過。

「我記得那是秋世大姊非常寶貝的書。剛才小柳管家也說過，那本書要擺橫的翻閱，這點我也記得，不過內容我就完全沒有印象……說起來我對橫溝正史本來就沒興趣。我最討厭日本的偵探小說了，一點也不有趣。」

她以輕蔑的態度說著。栞子小姐握拐杖的手抖了一下，閉上眼睛深深吸一口氣。我知道她在安撫自己的情緒。

「妳喜歡歐美的偵探小說嗎？」

「是啊，那還用問。」

井浦初子立刻回答。

「我十幾歲起就經常看懸疑小說。阿嘉莎．克莉絲蒂、艾勒里．昆恩、范．達因……當然都是原文書。我在上海租界出生，所以對英文算熟悉。我崇拜阿嘉莎．克莉絲蒂，甚至曾經想用英文寫小說……要我來說的話，日本的偵探作家全都上不了檯面，都只會模仿那些歐美作家。」

「但妳剛才提到的歐美作家，也都是受到愛倫・坡、柯南・道爾的影響。」

栞子小姐的嗓音變得低沉。這個人不僅喜愛國外的作品，當然也熱愛日本的偵探小說。

「可是，歐美作家比較算是原創吧？懸疑電視劇和電影也是如此啊。看了國外的作品之後反觀日本的，就會覺得水準太低。」

栞子小姐眼鏡後側的雙眼大睜。糟了——我心想。不分類別一竿子打翻一船人的批判方式，是愛書人最無法接受的態度。我不能讓她在這種時候跟人起口角。

「既然妳喜歡懸疑小說，想必對詭計也很了解吧？比方說，製造不在場證明等。」

我大聲說，同時看向栞子小姐；我注意到她恢復正常了。

「這個嘛……我不否認。」

井浦初子以不情願的語氣承認。

「可是，真要這麼說的話，乙彥也一樣啊。那孩子是橫溝正史的書迷，他自己的書房裡就擺了上百冊的作品。以現代的形容詞，該說是『宅』嗎？也難怪他的老婆會受不了他。」

乙彥是上島春子的兒子。他是橫溝正史書迷這件事，我們倒是現在才知道。

「媽，別再說了。」

聽到女兒輕聲斥責自己的發言不妥，井浦初子仍舊恍若未聞。

「比起對橫溝正史沒興趣的我，乙彥更有動機不是？」

「別胡說八道了，乙彥表哥不可能偷東西。更重要的是，他是上島家的人，何必偷自己家裡的東西呢？」

井浦初子看向自己的親生女兒，眼神中有著探究。

「妳最近跟乙彥走得尤其近……可是，我勸妳多少要為我和創太想想。」

「什麼意思？這跟創太有什麼關係？」

創太大概是井浦清美的兒子。這麼說來，她提過離婚時兒子歸她撫養。

「妳離婚就已經讓我們蒙羞了，萬一妳打算跟乙彥再婚……」

「夠了！」

井浦清美不耐地大吼。

「妳到底要我說幾次？我跟乙彥表哥只是單純的表兄妹！那些無稽之談只是帶給我和乙彥表哥困擾。都幾歲的人了還這麼不懂事嗎？」

她氣到渾身發抖，但是挨罵的母親只是把頭扭開，臉上沒有半點歉意。

「井浦初子女士……」

栞子小姐開口。她已經恢復冷靜。

「妳考慮過找律師談談嗎？」

「沒有。我為什麼要？」

「上島春子女士始終指責妳就是偷書賊。我認為妳們請第三方出面仲裁，會比找我們來解決更容易些。」

「才不要，搞到那樣才丟臉。」

她誇張地皺著眉頭。

「害春子丟臉也太可憐了，我還想要跟她繼續相處下去。所以只要我多擔待些，她總有一天就不會再說那些汙衊我的話了。」

她這番辯解說得理直氣壯，我卻無法接受，我很難坦然相信這個人所說的任何一句話。

「妳要問的問題只有這樣？」

「還有一件事。」

栞子小姐豎起食指。我不禁屏息。看來接下來才要進入正題。

「告別式那天，妳為什麼連髮型都跟春子女士一樣呢？」

「什麼？」

這個問題問得對方措手不及。栞子小姐繼續說：

「而且妳們兩人的喪服款式很類似；雖說適合葬禮的髮型不多，但多少還是有幾種選擇。如果相似到必須靠家徽分辨，要說是巧合也未免太巧。」

我想起外婆幾年前的葬禮。有些老先生很難只根據背影就分辨出身分，但老太太就沒有這種情況，最大差別大概就是髮型；女人的頭髮長短、顏色變化較多樣，只要不是存心模仿，一般來說不會完全一樣。

「那……有什麼好問的。」

井浦初子停頓了幾秒才回答。

「妳別光是問我，也去問問春子如何？她在秋世大姊過世前一天，才剛去美容院剪頭髮，正好剪得跟我一樣。」

她晃了晃綁在脖子處的白髮，像在強調是上島春子學她。

「看來妳的問題已經問完，我要回去了。來這一趟真是累人。」

她誇張地遮著嘴打完呵欠就轉身走開，踩在走廊上的腳步有些不穩。精神看起來很好，但或許她真的累了。

「抱歉，我開車送家母回去。她最近太激動，似乎沒怎麼睡好……我二、三十分鐘之後就回來。」

井浦清美小跑步追上母親，看來完全被母親牽著鼻子走的樣子。她分明稍早才被母親那般誹謗。

我看向旁邊，就看到栞子小姐也凝視著委託人的背影；她對於親生母親也有很複雜的情感，或許是將對方的遭遇與自己重疊了。

玄關處突然有人大聲說話，是井浦初子在對某人大吼大叫。

「兩位請在這裡稍等。」

小柳管家連忙快步走向玄關。她要我們在這裡等，但我們也不可能放著眼前情況不管，於是我與栞子小姐也跟上。

背對玄關門的井浦初子，與站在走廊上的女人互瞪彼此。那人穿著深藍色細直條紋和服，銀白色的頭髮整理得服貼，有著一張與井浦初子一模一樣的臉。看來她決定不繼續躲在二樓了。

「初子，是誰准妳進來這個家的？」

上島春子冷眼看著自己的雙胞胎姊姊。對方當然也毫不客氣。

「還不是因為有個腦袋不清楚的人把無辜的我當成小偷，我才逼不得已過來一趟替自己澄清……我馬上就走，妳放心，我根本也不想看到妳的臉。」

「撒謊的人不就是妳嗎？妳要回去可以，快點把書還來。還有，下次來的時候可以別打扮得那麼誇張嗎？讓附近鄰居看到很丟臉。」

「妳要不要快點去醫院拿個藥治治妳有問題的腦袋？在妳批評別人的穿著之前，何不先照照鏡子，檢討一下自己那身跟門簾同色的和服？我還以為是哪個廉價日式旅館的房務員呢。」

光是在一旁聽著都腦子打結。這兩人的聲音一模一樣，簡直像一人分飾兩角在互相對罵。

「春子阿姨，家母未經許可來訪非常抱歉。」

出面終結醜陋的口舌之爭的人是井浦清美。

「我大概三十分鐘左右就會回來，到時候請聽我解釋……媽，我們走吧。」

她拉著母親走出大宅。玄關門一關上，上島春子這才看向我們。分明是第一次見面，感覺卻不像初識；要不是親眼看到兩人同時在場，說她是換了服裝和髮型的井浦初子，我可能也會相信。

栞子小姐拄著拐杖，朝她深深鞠躬。

「打擾了，我是文現里亞古書堂的篠川栞子。這位是……」

「請長話短說。」

本來要介紹在一旁的我卻被打斷，這個人看起來也不是好惹的類型，只不過說話比雙胞胎姊姊更文雅些而已。

「初子說的全都是胡言亂語，你們別相信她。」

「妳知道她對我們說了什麼？」

栞子小姐靜靜問。

「大概有個底，畢竟我們相處很久了。反正她說得不外乎是『春子裝成我，企圖陷害我入罪』之類的，沒錯吧？」

大致上差不多，簡直就像她剛才都在聽我們對話。慢著，搞不好她真的有在聽。畢竟井浦初子剛才也偷聽了一會兒。

「她說的話沒有一句能聽的，簡直像是不入流的偵探小說大綱。我們就算關係再差勁，也沒人會閒著沒事只為了惹毛別人就動那些手腳。」

「上島女士，妳不看偵探小說嗎？」

「我不喜歡小說，那種東西只適合年輕時看。」

她很果斷地說。她否定的不只是偵探小說，而是所有小說。栞子小姐的眼睛隱隱發光。

「那麼，意思是妳年輕時看過小說吧……比方說，國中時。」

上島春子的眉毛不動聲色地挑了挑。國中時——也就是雙胞胎的其中一人在庭園裡看《雪割草》那時。

「那個時候我常看小說，但不是偵探小說。」

她以平板的聲調回答。

「我看的都是給小女生看的、戰前的通俗小說……因為秋世大姊嫁人之前看過的書有很多都留在這棟大宅裡。我想你們或許很難想像，但適合我們這種女學生看的作品，在戰爭結束那陣子並不多。現在想想才覺得那些全都是幼稚的內容。」

嘴上說著幼稚，語氣卻摻著溫柔，想必是有過一段美好回憶吧。我感覺自己終於窺見這個人有人情味的一面。

「也就是所謂的少女小說嗎？吉屋信子的《那條路，這條路》、加藤正夫的《遠方的薔薇》之類的……」

上島春子的唇邊隱約揚起笑容。

「對，那些都看過……不只是女學生，也包括稍微年長的淑女看的作品。初子大姊沉溺於偵探小說之前，也看過那類小說。雖然她後來絕口不提。」

「上島秋世女士那本《雪割草》，妳讀過嗎？」

栞子小姐沒有任何前兆，直接進入正題。上島春子僅是輕輕眨了下眼睛，完全沒有顯露驚慌失措。

「沒讀過。不過，因為那是秋世大姊很重要的藏書。我雖然不曉得初子是什麼心態，但那本書不能就這樣被她拿走，必須請她歸還。」

「妳不清楚那本書的內容吧？」

栞子小姐再次確認。老婦人輕輕擺了擺手。

「我怎麼可能知道。」

「《雪割草》改收到倉庫的原因，妳應該知道吧？因為有人未經上島秋世女士許可，擅自翻閱了《雪割草》……」

「那個人是初子。現在的時代已經不同了，不過那個時候正經的女學生才不會看橫溝正史的作品。他的書全都有一堆死人不是嗎？我不是初子，也不了解想看那種書的人是什麼心態。」

她不悅地抖了抖肩膀。我不解地偏著頭。

「嗯？妳的兒子不是橫溝正史的書迷嗎？」

我忍不住插嘴。栞子小姐扯了扯我的外套袖子，等在走廊盡頭的小柳管家臉上也露出驚恐的表情。

「對，是，沒錯，他是！」

上島春子突然怒氣沖沖吊起眼睛，低沉的聲音聽起來格外刺耳。

「所以那個孩子才會這麼沒出息！」

看來我踩到地雷了。當著她的面提到獨生子的嗜好似乎是禁忌；在她對小說有諸多意見時我就應該留心才是。

「我精挑細選參考書和百科全書送去給那個孩子，讓他遠離不適合孩子閱讀、太刺激的讀物，沒想到那孩子國中時正好興起金田一風潮，他便開始沉溺於血腥小說裡……這一切都是橫溝正史的錯！」

我無法看文字書，所以不曾經歷過這種事，不過，在其他事件時，我也聽說過有父母試圖掌控子女接觸的讀物。看來無論哪個時代，對於家長來說，書都是煩惱的根源。可是再怎麼禁止，孩子總有一天都會選擇自己想讀的書。我不認為一切都是橫溝正史的錯——我還來不及提出反駁，上島春子已經氣勢洶洶繼續說下去。

「我們家族繼承的是男爵血脈，入贅當女婿的我丈夫，也在大藏省（註1）工作。我原本也打算栽培乙彥進入舊帝大（註2），可是他重考卻考上私立大學，後來進入一般民營旅行社工作……就連妻子也是職場隨便找的對象，而且拒絕去相親！」

「這樣的經歷已經無可挑剔了……」

栞子小姐和顏悅色地提醒，對方聽了卻只是冷哼一聲。

「在你們看來或許是那樣，不過他最後還是離婚收場，甚至辭職。那孩子沒定性，現在還說要去國外從事莫名其妙的工作。都怪秋世大姊不負責任地慫恿他，才讓他這樣得意忘形。他與我這個母親也鮮少講話……假如他的父親還活著，不曉得會怎麼教訓他……」

最後一句話幾乎是在自言自語。一般人都不會想跟貫徹菁英主義的母親多聊上兩句吧，光是聽說他「年紀不小了」還住在附近，就已經夠令人驚訝了。

井浦清美說他們母子不合，實際上看來跟「不合」不太一樣。上島春子與井浦初子這對雙胞胎姊妹在人際關係方面都很會惹事。

「你們待會兒要去見乙彥吧。告訴那孩子，他出國做生意注定會失敗。」

我們沒有回應，也不打算幫忙轉達這句話。上島春子說完自己要說的，就轉身準備離去。

「上島女士。」

栞子小姐叫住她。

「聽說上島秋世女士過世的前一天，妳去了美容院，是真的嗎？」

上島春子停頓了一會兒，才轉過頭來。

「我的確是去了。因為很久沒剪頭髮，沒辦法見人。有什麼問題嗎？」

我感覺背後有股涼意。這話聽起來像是姊姊還沒死，就先為了葬禮做頭髮。

「我想請教的是，井浦初子女士為什麼會曉得這件事？」

註1：相當於財政部。

註2：即現在的東京大學。

和服打扮的老婦人第一次沉默。她站定不動的模樣，很像古老的日本娃娃。這麼說來，其他人似乎都不知道她去過美容院。

「因為那天我和初子一起去過醫院。秋世大姊把我們叫去，我們三人說了一會兒話。」

這件事我們第一次聽說。小柳管家也瞪大雙眼，大概是沒料到這對感情極差的雙胎會一起行動吧。

「妳們聊了些什麼呢？」

琹子小姐直接問。上島春子沒有流露出半點訝異反應。

「秋世大姊表示，自己已經不久於人世，希望我們兩個有血緣關係的姊妹能夠好好相處。這是她最大的遺願。」

我突然研究起未曾謀面的上島秋世的想法。過世前一天，把自己的葬禮交待給管家，甚至嘗試調解交惡的姊妹倆。

然而現在，其中一個妹妹嘲諷般地挑高一側臉頰微笑。這種笑法與井浦初子相似到令人毛骨悚然。

「這些話從以前就一直聽到，我聽到都厭煩了。只因為有血緣關係，只因為是雙胞胎，所以我們就該好好相處……不對吧，就是因為我們長相一樣，才無法接受彼此。」

走出上島家的玄關門，外頭的天空與剛才一樣萬里無雲。

我們踏著沉重的腳步走在庭園裡，原本想去海邊約會的好心情早已不知去向。

「妳認為書到底是誰拿的？」

離開大門時我問。井浦初子和上島春子都主張對方才是犯人。因為有小柳管家這個目擊者，所以幾乎可以確定，就是她們兩人其中一人拿走了《雪割草》。

「我覺得很久以前在庭園看書的人是犯人。」

兩人都有嫌疑，不過我莫名比較傾向井浦初子是犯人。一方面上島春子本來就會繼承秋世大姊的財產，沒必要偷《雪割草》，再者，若說她是蓄意要招惹自己的雙胞胎姊姊，也的確太過大費周章。

「我還沒有確切的答案，不過……我在意的是，小柳管家為什麼會親眼目睹有人攜出《雪割草》呢？兩姊妹對於這棟大宅的格局都很熟悉，原本就可以在不被小柳管家注意到的情況下進出，不是嗎？」

我回頭看向建築物。這麼說來，井浦初子也是在神不知鬼不覺的情況下潛入屋子偷聽我們說話。這麼大的房子，應該有辦法掩人耳目出入，所以那個竊賊是故意讓小柳管家看到的。

「那樣做，不是為了誣陷另一位雙胞胎姊妹犯罪嗎？」

「倘若是那樣，犯人犯案的動機，就不是想要《雪割草》了……畢竟偷偷潛入，罪行曝光的可能性想必更低。」

「也是。」

不管兩人之中的誰是犯人，都沒有必要故意安排目擊者。

「假設目的是為了誣陷對方，失竊的物品不一定非要是《雪割草》。那個倉庫裡還有其他更昂貴的東西……」

「不對，我想犯人的動機還是想要《雪割草》喔。」

我因為突如其來的悠哉語氣而愣住。一名身穿藍色毛衣和牛仔褲的中年男子正交抱雙臂站在大門隔壁一戶透天厝的玄關處。他的個子雖高卻有點駝背，五官輪廓清淺到沒有特徵；黑框眼鏡再往上是摻雜白髮的短髮。

剛才分明沒人在，他是何時出現的？在我們四目交會時，男人有些慌亂地比手畫腳，開口說：

「啊，抱歉嚇到你們了。我沒打算偷聽，只是因為那個監視器拍到你們了。」

說完，他指著頭上。玄關門的角落裝著一個黑色半球體的監視攝影機。

「你們兩位是文現里亞古書堂的人吧？你們好，我是上島乙彥……上島春子的兒子。」

他以溫和的語氣自我介紹，並低頭鞠躬。

與相鄰的本家不同，上島乙彥的住處是很普通的半舊不新兩層樓建築。日照良好的客廳與飯廳像空屋一樣看起來空蕩蕩，似乎已經沒人居住。

「不久前剛離婚的前妻把桌椅都拿走了。已經上大學的女兒也跟著前妻離開，據說是從前妻的新家上學比較方便……抱歉，我們去二樓的書房談吧，待在這裡也沒有椅子可坐。」

他語氣苦澀地解釋完，從客廳的樓梯往樓上走去。這棟房子以一人獨居來說太大。我可以理解女兒為什麼想搬出去。

「其實我原本打算在阿姨的葬禮一結束，就離開日本出國去，沒想到發生偷書的騷動害我走不了，因為我也是當事人之一。」

跟著栞子小姐上二樓的我聽到這段話，覺得怎麼聽怎麼怪。書的持有人上島秋世，或互指對方是犯人的雙胞胎姊妹也就算了，這個人照理說與事件沒有直接關係才是。

「往這邊走。」

他領著我們走進一間昏暗的寬敞房間。正中央放著一張電腦桌，除了向北的牆壁外，其他幾面牆全都是直達天花板的訂製書櫃。燈一開，栞子小姐的眼睛迸射出光芒。

「哇……好驚人。」

她受到吸引走近那些書。塞滿書櫃的書全都是橫溝正史的作品。從黑色書背的角川文庫開始，包括各式各樣種類的精裝硬皮書、電影與電視劇的ＤＶＤ、設定資料集和類似劇本的東西，應有盡有。只收錄捕物帳的文庫全集數量也很可觀。

「我收集了很多戰後出版的橫溝正史著作和相關書籍，不過還差很遠。因為也要收集捕物帳和時代小說的話，數量很驚人。」

這樣說明的藏書持有人，語氣聽起來略顯自豪。這些藏書都是認真的收藏，而這個房間一看也知道是為了藏書而打造；只有向北的牆上有窗戶，也是為了避免書被曬壞。

「橫溝正史以外的《新青年》作家們的著作也有收。小栗虫太郎、夢野久作……啊，朝日SONORAMA的《名偵探金田一耕助系列》也有這麼多！後半在書市很少看到呢。」

栞子小姐語帶雀躍地說。

「我找得很辛苦，無論如何都想要弄到剩下的三本……」

我聽著兩個書迷的愉快對話，看向桌上型電腦的螢幕，螢幕上清楚顯示著玄關前的小巷，似乎是稍早那臺監視攝影機拍到的畫面，我們剛才離開的大門也在畫面中。從這裡不僅可以看見靠近這棟房子的人，也可以看出有誰進出上島春子的住處。現在沒看到任何人。

「我決定搬去國外後，才裝上防盜監視器。」

上島乙彥對我說明。

「當然我也有跟保全公司簽約，不過光是這樣我還是感到不安。這個書房裡的收藏品我幾乎不會帶走，而且……」

他猶豫了幾秒，繼續說：

「這臺監視器也可以記錄進出家母家的可疑人物，我在國外也能透過網路遠端監看。我離開日本後，就剩下母親一人住在隔壁了。」

「隔壁的大宅沒有裝設監視器嗎？」

栞子小姐這麼問，上島乙彥皺眉搖頭。

「我提議過，可是家母不願意。她說之前也一直這樣住著，沒出過什麼事，現在要裝莫名其妙的機器，她才不要……她不知道這臺監視器有拍到她家大門。如果她知道的話，恐怕會大吵大鬧。」

他嘆氣的模樣跟井浦清美很像。這個男人也是被難以溝通的母親牽著鼻子走，卻還是擔心獨自留下的母親。

「我們剛才向你母親請教了一些橫溝正史《雪割草》的問題……」

「她八成又說我壞話了吧？」

上島乙彥苦笑著問。要說對也不是，要說不對也不是，這令我很難啟齒。

「你們不用回答沒關係，我心裡有數……我從以前就跟父母處不好。」

他讓行動不便的栞子小姐坐在電腦桌前的電腦椅，自己則拿來兩把當作踏腳臺使用的木頭圓凳，其中一把放在我旁邊，他坐在另一把圓凳上。

「我從小就無法達成父母的期望，既不優秀又沒有野心，工作表現普普通通，只想悠哉沉溺在個人嗜好中。父母無法理解我想做的事……哎，說起來我也無法理解他們，所以算是彼此彼此吧。」

「不是彼此彼此。」

聽到栞子小姐的態度這麼不客氣，不只是上島乙彥，連我也嚇了一跳。

「小孩沒有回應父母期望的義務。反而是世人應該要警告父母，別成為小孩的束縛……就算無法理解孩子的想法，也應該要學會接納……抱歉，我多事了。」

大概是想到自己對於別人家的事干涉太多，栞子小姐突然縮起身子低下頭。她也是始終都在煩惱與那位無法用一般方式相處的母親之間的關係。就算她說這些話只是為了拉近距離，上島乙彥的眼神也變得比剛剛更溫和。他雙手交握，向前探出身子，像是準備說悄悄話。我們也跟著擺出同樣姿勢。

「關於《雪割草》，我有事想告訴你們……」

他的嘴角露出惡作劇的笑容。

「不過在我開口之前，我想先問問，妳推測橫溝正史的《雪割草》是什麼樣的作品？」

我嚇了一跳。這個問題大概是在測試，除了人品之外，他想知道文現里亞古書堂的篠川栞子擁有的知識是否值得信賴。我也知道同樣的情報內容卻無法參透，但栞子小姐毫不猶豫就回答：

「我猜測是八年抗戰到太平洋戰爭這段期間，在新潟當地報紙連載的長篇小說……

類別是偵探小說以外的東西。」

「妳為什麼這麼想？」

我也很想知道。琹子小姐毫不遲疑地繼續說：

「這部作品之前沒有被發現，而上島秋世夫妻又能夠看到，這麼一想就很有可能是跟他們戰爭期間住在新潟有關。當時橫溝正史失去發表偵探小說的舞臺，因此開始接受各式各樣的工作，也許是接到新潟地方報紙委託他寫偵探主題之外的連載小說。」

我想起橫溝靠寫捕物帳維生的事。只要有人委託，他就會寫，這也很合理。

「秋世女士偶然讀了橫溝正史寫的報紙連載小說，於是剪下來保存。而那些內容後來由她的丈夫黏貼在紙上製作成冊……這是我的想法。」

我記得有舊書店會交易時代久遠的連載小說剪報，我偶爾也會在同業市場上看到。有些持有人會把剪報貼在紙上，製作簡單的封面，弄成像一本書。一方面也是因為以前的報紙連載小說不一定都會出版單行本，所以有不少讀者會剪下來保存。

「妳認為可能是報紙連載小說的原因是什麼？」

上島乙彥接著問。

「小柳管家說過，秋世女士平常不讀小說，不過報紙連載小說是例外。報紙連載小說通常都是長篇。再來就是那本書的形式。」

「書的形式？」

「上島家的《雪割草》是類似雜誌的大尺寸書，要擺橫的由下往上翻閱，形式很特殊。一般來說，報紙連載小說的剪報會是橫長排版，如果想把剪報做成書，貼在一般縱長的頁面上……」

「啊，我懂了。就必須把文章從中間截斷。」

我忍不住插嘴。栞子小姐點頭。

「報紙連載小說還有插畫，因此要決定從哪裡裁切很困難。橫長的剪報貼在橫長的紙上，一頁貼兩、三天的連載內容，會是最輕鬆的處理方式。」

我在腦海中想像上島家的《雪割草》翻開的樣子。連載日最早的剪報貼在最上面，新的剪報在最下面，由上往下依序閱讀，讀最下面的剪報時，就必須由下往上翻頁。以新聞連載小說的剪報來講，這的確是最方便閱讀的形式。

「呃，可是報紙的寬度通常都很寬吧？必須做成很大一本書，才能容納剪下來的剪報吧？」

「你或許不清楚，報紙連載小說的左右兩側通常會放很多廣告。再加上如果只要看內文，就不需要留下每次刊登的標題和作者欄。做成一本書，只要在扉頁寫上書名和作者名即可……所以如果只剪下內文和插畫，雜誌大的尺寸就有可能容納所有內容。」

栞子小姐說到這裡停住，看向上島乙彥。眼睛眨也不眨專心聽的他，十分佩服地吐出一口氣。

「了不起，遠超乎我的想像，妳說的跟我這一個月努力想出來的結論一樣……幸好我有跟妳好好聊過。」

他的目光落在交握在腿上的雙手，以更低的嗓音說：

「這次的事情，我認為是家母所為。」

家母——也就是上島春子。井浦清美也認為自己的母親很有可能是犯人，但這個人的懷疑更有幾分肯定。

「這話是什麼意思？」

栞子小姐問。

「秋世阿姨過世前一天，家母就有些不對勁。她把原本的長髮剪得跟初子阿姨一樣短也很奇怪，葬禮時也有些坐立不安……最大的關鍵是，家母在告別式那天沒有不在場證明。」

我和栞子小姐面面相覷。這恐怕是井浦母女和小柳管家都不知道的情報。

「離開火葬場到辦桌的料亭後，初子阿姨和清美表妹才一離席，家母就大呼小叫說：『我把秋世大姊的遺物佛珠忘在火葬場了。』我覺得我母親身為喪主，離席似乎不妥，正想自告奮勇去幫她拿，她卻一溜煙就搭上計程車離開。她離開了大約二十分鐘吧，直到初子阿姨她們回來的前一秒才出現。」

二十分鐘，時間上已經足夠來回上島家大宅。

「我想，只要事先準備好相似的灰色道行，她就能夠偽裝成雙胞胎姊姊，從倉庫鐵櫃偷走《雪割草》。知道數字轉盤鎖密碼的人，只有我和家母……密碼是五位數，不曉得密碼的人無法打開鐵櫃。家母平常是不看書，但聽說過那本《雪割草》的裝幀很美。可能是因為某些原因才想要據為己有。」

這與井浦初子的主張類似，不過有那麼剛好能夠弄到類似的道行嗎？而且還有一個最根本的問題。

「請問……『想要據為己有』的意思是《雪割草》並非由你的母親繼承嗎？」

我還以為就算什麼都不做，那本書也會是她的。聽到我這麼問，上島乙彥稍微搔了搔頭；不是頭皮癢，他那舉動令人聯想到電視劇或電影裡的金田一耕助。

「其實家母沒有《雪割草》的繼承權。家母繼承了上島秋世大多數的財產，唯獨《雪割草》例外。阿姨過世之前已經辦妥手續，把那本書贈與我了。」

「你母親曉得這件事嗎？」

栞子小姐問。

「我沒說，不過阿姨或許提過。也有贈與文件可以證明。」

他看來不像在撒謊。也就是說，上島春子沒有不在場證明，也有動機。我的腦子一片混亂。除了井浦初子，上島春子也很可疑，她們兩人之中任何一人都有可能是竊賊。

「上島秋世女士為什麼沒有把《雪割草》給春子女士，而是交給你呢？」

「我想最大的原因應該是我是橫溝的書迷吧。我聽阿姨提起這件事時還嚇了一大跳，我沒想到阿姨手上有橫溝的《雪割草》。」

「你對於你阿姨的藏書，不太清楚嗎？」

「我因緣際會聽過《雪割草》這個書名，但我原本以為是阿姨認識的人自費出版的文集之類的。畢竟這個書名並不特別。」

聽說上島秋世幾乎不讀小說，因此阿姨手上的《雪割草》沒有令他聯想到是橫溝正史的夢幻作品似乎也很合理。畢竟這本書也不曾出版過單行本。

「她把那本書送給我，還有其他原因……阿姨這樣說過：『這本書躲過了戰火摧殘，所以一定能夠庇佑你展開新工作。』」

這句話充滿對已逝阿姨的敬重。這麼說來發現《雪割草》不見的人也是他，大概是他準備帶走屬於他的那本書出國，所以理所當然自稱是這起事件的當事人。

「她要把《雪割草》占為己有也沒關係，但我想母親大概很後悔自己的行為，煩惱著如何收場吧。發生失竊案之後，她似乎很少睡好，我有好幾次從這裡看到她房間的燈亮到半夜。我很擔心她的身體會出狀況。」

井浦清美對自己的母親也有類似的擔心。雙胞胎在有壓力時，也會出現相同的反應嗎？

「上島秋世女士手上的《雪割草》，您連一次都還沒看過嗎？」

「是的。她說要把書送給我時，也只告訴我數字轉盤鎖的密碼。我原本打算等葬禮結束、一切回歸平靜後再去拿書，這樣對阿姨也比較不失禮，不然說真的我想看那本書想看得不得了。阿姨還說過那本《雪割草》有一個特別附錄。」

「你說附錄？」

「就是……」

上島乙彥興沖沖準備要回答，又突然停住。

「沒事，還是等書平安拿回來，我再拿給你們看吧。你們一定也會很驚訝。」

光是把橫溝正史的夢幻作品變成手工自製書就已經夠驚人了，看來還有其他機關。栞子小姐對於答案似乎也沒個底。

「啊，對了，還有一個東西想讓你們看看。」

上島乙彥伸手操控電腦桌上的滑鼠。螢幕上清楚顯示家門前的情況；一樣是那臺監視攝影機的畫面，但左下顯示的日期時間卻是一個多月前。他播放的不是現在，而是舊影片。

「我直到不久之前才想起來這臺監視攝影機從二月就啟用了，所以我連忙在舊影片被覆寫掉之前檢查紀錄，發現……阿姨告別式那天的錄影畫面還在。」

我忍不住坐正。也就是說，偷書事件發生當天，監視器拍到了進出上島家大宅的犯人。

「啊……就是這裡，來了。」

畫面中出現身穿黑色和服和灰色道行的老婦人，正準備打開上島家的大門。上島乙彥用滑鼠按停畫面。我們湊近看向那位婦人。白髮一絲不苟地綁在衣襟上方的那張側臉

——看起來像上島春子也像井浦初子，完全無法判斷究竟是兩人之中的哪一位。

琹子小姐也只是一臉不解的表情。

「這位是我的母親春子。雖然差別微乎其微，但身為兒子的我還是勉強認得出來。」

上島乙彥自信滿滿，但這影片似乎無法當成證據，畢竟就連兒子也只是「勉強」認得的程度。影片繼續往下播放，就看到幾分鐘之後，同一位老婦人再度從大門走出來。正如小柳管家的證詞，婦人胸前抱著一個四方形包袱，可以確定這個人就是犯人。

這時門鈴響起，上島乙彥再度暫停影片，從圓凳站起。

「清美來了。你們等我一下。」

大概是送井浦初子回去後折回來了吧。屋主趕忙跑出房門。

書房裡一片安靜。琹子小姐已經沒在看監視器畫面，她握拳抵著唇邊，動也不動在思考，模樣彷彿一幅畫，令我挪不開眼。

「半夜、燈……」

她喃喃說著，大概是在想上島春子晚睡的事。這點為什麼引起她的注意？——我正想問，上島乙彥就和表妹一邊說話一邊走回書房來。

「我正在播昨天電話裡提到的監視器畫面，也想讓妳來確認一下……外套給我吧。」

「謝謝。我要看。」

井浦清美脫下套裝外的外套交給表哥，接著手支著電腦桌凝神細看正要離開大門的犯人。向來看慣那對雙胞胎的這位，究竟會認為畫面上的人是誰呢？等了一會兒之後，她看向我們。

「這個人……是我的母親。」

「咦？」

發出驚呼的只有我和上島乙彥，栞子小姐沒有訝異反應，應該說她仍然保持與剛才同樣姿勢沉思著。

「是嗎？我還以為是我媽。」

聽到表哥持相反意見，井浦清美很果斷地搖頭。

「她們兩人確實很難區分，不過不可能是春子阿姨。你們看這件道行。」

她指著螢幕中犯人身上的灰色道行。

「這件是我媽向認識的和服店訂做，用的是和服布料，外面買不到一樣的，所以穿著這件道行的就是她。」

「唔……也可以準備類似的道行吧？」

「不可能。你們看這裡。」

她指著道行的袖子，那裡有一個黑點。

「有沒有看到這裡有個染到的印子？這是我媽自己沒注意，在某處沾到的髒汙。我急著想要去除那個汙垢，所以對於這個位置印象深刻。我可以肯定這件是我媽的道行，穿著這件道行的人唯有我媽，不可能是其他人。」

「我媽難道沒有可能偷偷拿走初子阿姨的道行嗎？初子阿姨不是曾在料亭的空房間內休息？妳不也曾經離開幾分鐘？」

「我媽雖然一直躺著，但沒有從頭睡到尾，很難有人把道行拿走。就算有人趁我媽睡著，而我又正好不在房門前的時候拿走，對方也不可能在神不知鬼不覺的情況下把道行放回來。」

「若要這樣說，初子阿姨就不可能出現在這裡啊！她怎麼可能趁妳不注意的時候過來又回去。」

「話是沒錯，但或許有什麼我們沒注意到的問題點，只要弄懂，就會發現其實並不複雜……」

兩人都強力主張自己的母親就是犯人，這個情況看來很詭異，但他們兩人的爭論也讓人感覺到一股不客套的親暱。在彼此互看不順眼的一干親戚中，這兩位是少數的例外。

「我弄懂了……」

始終在沉思的栞子小姐此時開了口。眾人的目光都集中在她身上。

「妳弄懂什麼了？」

井浦清美問。

「弄懂為什麼要拿走《雪割草》了。」

其他三人瞬間張口結舌，不懂她的意思。

「也就是說，妳已經知道偷書的人是誰了？」

上島乙彥一問。栞子小姐很肯定地點頭。究竟是什麼時候知道的？在我們走進這棟房子之前，她應該還不知道吧？

「我好奇的是把書拿走的動機，以及採取這種方式的原因。弄懂之後，確實並不複雜。」

栞子小姐看向上島乙彥，臉上是解開書的謎團時充滿成就感的表情，也是我最愛的她。

「上島先生，接下來我要說的話，可以麻煩你一字不漏地轉達其他人嗎？」

在眼鏡後側的強烈目光注視下，上島乙彥迫不得已地點頭。

「這樣做，《雪割草》或許就會被送回來。」

*

我和栞子小姐再度造訪上島家是在三天後的晚上，書店打烊後。

我們藉著大宅的燈光走到玄關門。由出來接待的小柳管家領路，我們走進寬敞的飯廳。擺在飯廳中央的餐桌右邊坐著上島春子和乙彥，左邊坐著井浦初子和清美。雙胞胎其中一人與前幾天一樣穿著和服，另一位則穿著有花紋的紅色毛衣，戴著太陽眼鏡。雙方沒有交會過半次視線，或許是在我們抵達之前已經互罵過一頓了，雙方孩子的臉上都帶著疲憊。

案件相關人士全都集合在一個房間裡，根本就像是金田一耕助作品中最戲劇化的高潮場面。小柳管家站在房間角落，栞子小姐來到餐桌前與眾人問好後，率先開口的是上島乙彥。

「所有人都到齊了，接下來就是偵探解謎時間。」

他的話語中傳達出想要知道真相的迫不及待。

「我想先知道……《雪割草》回來了嗎？」

栞子小姐這麼問，他像是這才回過神來，把腿上的深藍色包袱擺到餐桌上。

「我照篠川小姐的指示進行後，今天早上這個就出現在鐵櫃裡了。這到底是怎麼回事？」

他一邊說一邊鬆開包袱的結，露出大尺寸的硬皮書。跟管家的證詞一樣，書皮貼著紫色的布，封面上的《雪割草》金色刺繡閃閃發亮，就連書背的書溝也做得很仔細，書口和上下也都裁切得很工整，就像專業裝幀師裝訂的一樣。或許是長年一直收著，所以沒有曬壞也沒有損傷，的確是很美的一本書。

雙胞胎老婦人只瞥了書封一眼，沒有流露太大的反應。眾人之中最感興趣的人就是栞子小姐，她一手握著拐杖，一手扶著餐桌，以不穩的姿勢向前彎腰，簡直就像是貼在玩具店櫥窗上的孩子。我明白她想知道這是什麼樣的小說，但眼前還有其他事應該先處理。聽到我咳了幾聲提醒，她才不甘願地直起身。

「對了，乙彥，你為什麼在這裡？我聽說你不是今天就要離開日本了？」

井浦初子以下巴指著餐桌另一側的男人，態度還是一樣瞧不起人。但對此感到不滿的反而是她身旁的女兒，而不是被瞧不起的本人。

「那是騙人的。」

栞子小姐坦承。

「是我請他這樣告訴大家……為了拿回《雪割草》。」

她請上島乙彥代為轉達的，是很簡單的一句話——「三天後我會去報警，然後離開日本」。就連清楚栞子小姐能耐的我，都對於「這樣一句話真的能夠改變現狀嗎？」感到半信半疑，但事實證明真的有用。

「既然大膽毛賊已經反省並還書，這事也就到此為止……請恕我離席。」

上島春子語帶諷刺地對自己的雙胞胎姊姊說完，就無聲站起。栞子小姐馬上厲聲說：

「上島秋世女士告別式那天，拿走《雪割草》的人就是妳吧，上島春子女士。」

冷不防被指名，上島春子的表情也沒有絲毫改變，很坦蕩地接受拄著拐杖的栞子小姐強烈的視線。

「妳憑什麼這麼說？」

「最初令我起疑，是妳對於《雪割草》的一番話。妳說：『那個時候正經的女學生不會看橫溝正史的作品』……原來妳以前就知道這本書的作者是橫溝，所以才不看，是這個意思吧？」

「就算我知道，又有什麼不對？作者的名字看看書封也……」

上島春子第一次說不出話來。所有人都知道她很顯然是說錯話了，因為布面書封上只有書名「雪割草」三個字而已。

「這個書封上沒有提到作者的名字。」

栞子小姐說。

「不把書翻開，就不可能知道這書是誰寫的。小柳管家和乙彥先生也是不久之前才知道。這也就是說，妳在中學時期曾經翻開這本書。」

「果然沒錯！」

井浦初子插嘴，像是在炫耀自己的猜測正確。

「跟我主張的一樣不是？就是春子策劃了這一切，這個黑心的人……」

「井浦初子女士。」

栞子小姐毫不客氣地讓雙胞胎另外一人閉嘴。

「妳也是犯人，這起事件是兩人合力所為。」

「什麼！」

事前不清楚真相的兩位兒女一陣錯愕，沒料到多年來始終不合的雙胞胎竟是共犯關係——起初聽栞子小姐告訴我的時候，我也是難以置信。

「我怎麼可能和那種人合作……」

雙胞胎姊妹同時以相同的嗓音反駁，說到一半又緘默。栞子小姐站在餐桌主位——大概是上島秋世以前的座位——開始解釋。

「這起事件若只靠兩人的其中一方，就不可能實現。初子女士不知道鐵櫃的數字轉盤鎖密碼，春子女士沒有灰色道行。唯有兩人合作，春子女士才能夠假扮成初子女士拿走《雪割草》。」

「等一下，家母怎麼把道行拿給春子阿姨？如果她這樣做，待在家母身邊的我應該會發現才對啊！」

井浦清美提出異議。

「有辦法不讓清美小姐看見……流程大概是這樣。」

琹子小姐加上手勢，好整以暇地說明。

「先抵達料亭的初子女士中途離席，進入空房間。接著春子女士假裝出發去火葬場，半途折回料亭，從窗子接過初子女士遞來的道行，回來大宅偷走書之後，去車站的投幣式置物櫃之類的地方把書藏好，再回到料亭，透過窗戶把道行還給初子女士……這麼一來，清美小姐就不會發現了。」

我也實際走了一趟料亭，查看過井浦初子休息的房間。房裡窗戶打開的縫隙無法容納一個人通過，不過拿一件衣服倒是綽綽有餘。

「想出這個詭計的，我想應該就是……喜歡偵探小說的初子女士，沒錯吧？」

「妳的論述沒有任何證據。這次的事件唯一稱得上證據的，頂多只有小柳管家的證詞。」

「乙彥先生裝在自家門口的監視器拍下了犯人的身影。三天前說要報警雖然是假的，但我們也可以真的去報警，請警察出面搜查。比方說，調查沾在包袱布巾的衣服纖維，或是調閱料亭的監視器，一定能夠找出實質的證據。」

井浦初子輕啐一聲，這反應等於是認罪了。於是上島春子緩緩開口：

「所以我一開始不就說了，這種小家子氣的布局怎麼可能成功？」

「還不是春子有破綻才會遭到懷疑。露出馬腳的人是妳，別賴在我身上。」

她真的就像小孩子一樣嘟嘴表示不滿。看來栞子小姐的推測沒錯。不過她們兩姊妹之間那種劍拔弩張的氣氛還是沒變。

「雙胞胎互相假冒當替身……簡直就是橫溝小說裡的劇情。」

乙彥喃喃說。

「媽，還有春子阿姨，妳們為什麼要做這種事？妳們就那麼想要那本書，不惜惹出這場騷動嗎？」

聽到井浦清美的提問，兩姊妹只是板著臉一語不發。栞子小姐代為回答：

「不是的，她們的目的不是為了得到那本書，而是有其他原因。畢竟春子女士如果有心，也有辦法掩人耳目偷走那本書。她反而故意偽裝成初子女士，讓小柳管家目擊到，鬧出初子女士偷書的鬧劇……這一切都是為了打造姊妹倆十分不合的假象。」

「她們究竟為什麼要這麼做？」

栞子小姐把視線停在不解的上島乙彥身上。

「為了控制你，上島乙彥先生。」

「什麼？我？」

琹子小姐點頭。

「假如《雪割草》只是單純從鐵櫃裡不見，乙彥先生就會當成是有外來人士入侵，考慮去報警。警方當然會正視這件事並開始搜查，也能夠成功找回《雪割草》。但如果小偷不是外來人士，情況就會陷入膠著，她們也因此能夠爭取到時間……這就是這一連串行動的目的。」

在這棟代代相傳的老宅使用雙胞胎詭計，我猜也是為了吸引上島乙彥。橫溝正史迷遇到這種事件，一定會像金田一耕助一樣動腦破解。之前他談論事件謎團時，看起來就充滿活力。

「如果沒有發生這起事件，乙彥先生就會在阿姨的葬禮結束後移居國外，當然也會帶走那本阿姨當成護身符送你的《雪割草》……這麼一來，那兩位或許再也沒機會看到《雪割草》。」

琹子小姐沒有清楚點明，不過她們兩人的年紀在策劃這起犯罪上，也有推波助瀾的效果──大姊秋世如今已過世，自己的時間也所剩無幾──這對雙胞胎心中或許有這種想法吧。

「她們兩位要的不是《雪割草》這本書，而是想要有足夠的時間輪流把書看完……如果我說錯了，妳們儘管開口糾正。」

姊妹兩人都沒有回答，那就是說對了。井浦清美和上島乙彥都說過自己的母親熬夜的時間變多了，原來不是因為壓力大睡不著，而是瞞著家人和管家在看《雪割草》。

「十幾歲的時候，把上島秋世女士的《雪割草》偷帶到庭園被發現的人，是兩位之中的哪一位呢？」

「是我……」

在漫長的沉默之後，上島春子放棄掙扎回答。

「我沒想到小孩子做的行為會惹來那麼大的怒火……初子明明也不時就會偷拿那本書去看。」

「哎，我偷看可是偷得很有技巧。哪像春子，偷看也看得太光明正大了，誰叫妳笨。」

「兩位果然都有擅自把大姊最重要的藏書拿出去看。」

栞子小姐的語氣很嚴厲。這表示她們偷拿出去的次數不只一次，上島秋世一開始也是睜一隻眼閉一隻眼，後來終於受不了才發難吧。

「妳們兩人為了那本沒看完的小說，求了秋世女士幾十年吧。」

「還不至於誇張到用『求』的。」

上島春子立刻反駁。

「小說這種東西，年輕時看看就好。只是……沒看到結局很好奇罷了。這六十年來，秋世大姊始終把書藏著，絕不拿出來……大概是存心讓我們不愉快，最後還特地把我們叫去，告訴我們她把書送給乙彥了。做出這種舉動，還說我們倆有血緣關係，應該好好相處，這不是在耍我們嗎？」

說到最後她語帶顫抖。這個人大概一直期待著從大姊那裡繼承《雪割草》，準備之後好好讀完結局，所以這場騷動的起因是感覺遭到背叛。

「我也想要知道結局，才會答應幫這個忙，而且僅此一次下不為例。畢竟春子沒那個腦袋策劃複雜的計畫。」

井浦初子很自豪地哼了哼。兩人最後一次探望生病的大姊後，馬上擬定計畫動手偷書。上島春子去美容院剪頭髮就是計畫的第一步。

「妳不是說日本偵探作家都只會模仿、水準很低嗎？」

聽到栞子小姐的挖苦，她也不尷尬。

「《雪割草》又不是偵探小說。儘管內容還是一樣不值得一提，不過還沒讀完的小說就是會讓人想要知道後續發展，不是嗎？而且那又是平常沒機會看到的作品。」

沒讀完也是六十多年前的事情了，讓她們甚至不惜使出這種技倆也要看的書，應該不是不值得一提的內容吧。為什麼就不能老實承認那是一本好看的小說呢？不過她們如果會老實承認，也就不會搞出這場騷動了。

「所以，媽和阿姨已經看完橫溝正史的夢幻長篇小說《雪割草》了嗎？」

上島乙彥說。

「應該是吧，真叫人羨慕。」

栞子小姐一臉認真地回應。身為橫溝正史的書迷，有這種反應也是理所當然。除了雙胞胎姊妹之外，在場的其他人都不清楚《雪割草》究竟是怎樣的小說。

「媽、阿姨，既然妳們無心偷書，那麼妳們原本打算看完之後要怎麼做？」

身為母親和阿姨的兩人沒有回答，顯然是刻意忽略兒子的提問。反而是我這個旁觀者感到很生氣；明明上島乙彥才是《雪割草》的正牌書主，也是這次事件的受害者。

栞子小姐只好出面說明。

「兩位恐怕是打算打模糊戰，不讓人知道究竟是誰偷了書，等讀完再放回鐵櫃裡。

她們就是算準了只要書平安無事回來，乙彥先生一定也不會跟自家人計較……沒想到他說三天後要報警，只好趕緊把書提前看完。」

「換句話說是篠川小姐的行動改變的情況。我這一個月來做不到的事情，妳都替我做了，就像金田一耕助一樣。」

聽到對方以大名鼎鼎的名偵探稱讚自己，栞子小姐羞紅了臉。

「不，這件事就算沒人出面處理，也會自動解決，我只是迫使原本的計畫提早發生而已。再說，我能夠推導出結論，也要多虧乙彥先生裝在家門外的監視器。」

的確，雙胞胎姊妹沒料到井浦清美會找來栞子小姐，也沒料到上島乙彥裝的監視器會拍到畫面。裝監視器的人也對於解謎貢獻了一份力量，可是他卻笑得很落寞。

「沒關係，我知道自己沒什麼才幹，我懂，可是沒有才幹的人也有他能做的事。媽……」

他對身旁的母親開口。對方這才與兒子對上視線。

「我出國後，《雪割草》仍然會放在這棟大宅，交給妳保管。當然我會先看過一遍。」

說著，他慢條斯理翻開書頁。一如栞子小姐所推測的，翻開封面後出現的是寫著書名和作者名字的扉頁，再來是兩篇褪色的剪報，貼在橫向的紙頁上，幾乎要碰到邊緣了。印在正中央的插畫也一應俱全。栞子小姐目不轉睛地盯著那本書。

「如果願意的話，媽和初子阿姨都可以再多看幾遍。當然清美也可以看。小柳管家有意願的話也別客氣。」

翻著書頁的手說到這裡停下。我看到章節名寫著「重生」。

「秋世阿姨把這本書送給我，不是為了要惹惱媽跟阿姨。她一定是希望藉由這本書讓大家和解，畢竟我們大家有血緣關係。說起來，如果媽願意低頭說想看，秋世阿姨或許也會答應，但妳始終沒有對未經許可把書拿出來一事道歉不是？」

上島春子的嘴唇微張。看來是說中了。我對上島乙彥的寬容感到訝異；家人惹出這麼大的動靜，他卻主動提和解。上島秋世把書送給他，一定也是相信他的人品。

「妳們兩位只要把前因後果告訴我，跟我說一聲想看《雪割草》，我一定會成全，何必弄成現在這樣呢？打一開始我們就……」

上島乙彥說到這裡突然停住，連忙翻到最後一頁。原本溫馨的氣氛登時消失，瞬間充滿不安。

「乙彥，怎麼回事？」

井浦清美惶惶不安地開口問。只見她的表哥以認真的手勢檢查封底前一頁的蝴蝶頁。書口那一側有個沒裁開的袋狀構造。

「夾在這裡的東西，妳們拿去哪兒了？」

他瞬間像變了個人似的，以尖銳的嗓音大聲問。

「你在說什麼東西？」

上島春子冷冰冰地反問。她的態度似乎惹惱了兒子。

「這本書原本夾著《雪割草》的手稿，是真正的真跡。」

「什麼！」

飯廳裡發出驚呼的人是琹子小姐。

「什、什麼意思？」

我沒聽說這件事，其他人似乎也一臉不解。上島乙彥往前傾身，語速很快地開始說明。

「阿姨送我的這本書，她請舊書業者鑑定過。當時在業者推銷下，她買下一張《雪割草》的真跡手稿，並且把那張手稿也一併送給我了。不可能不在書裡，媽，妳們拿去哪裡了？」

我想起三天前在那間陳列橫溝著作的書房裡聽到的事情。

（那本《雪割草》還有一個特別附錄。）

那個「附錄」就是橫溝的真跡手稿。與這本書同樣珍貴，也許更超越這本書。

「我沒看到有那種東西。」

他母親的眉頭連皺一下都沒有。

「我也不知情。不過我記得書裡沒夾東西。」

井浦初子也誇張地聳聳肩。

「會不會有什麼誤會……該不會，我們全都上了秋世大姊的當，她就是打算用這種方式讓我們鬧翻……」

「妳是在侮辱秋世阿姨嗎？她絕不是會撒這種謊的人！」

上島乙彥一拳打在餐桌上，《雪割草》的美麗封面彷彿嚇到般抖了抖。他的母親則是瞪向自己的雙胞胎姊姊。

「初子，也有可能是妳心生歹念偷走了，畢竟就算是模仿國外作家，妳仍舊對偵探小說作家很感興趣不是？」

「我不是說過好幾遍我不喜歡橫溝正史嗎？真要這樣講的話，春子，妳才是嫌疑重大吧，事到如今還想要陷害我……」

我們只能錯愕看著雙胞胎姊妹互罵。栞子小姐一臉慘白地咬著唇。那張真跡手稿真的存在過嗎？如果是，那麼現在又去哪兒了？我們一點兒頭緒都沒有。

如今可以確定的只有一點——栞子小姐按照委託找回了《雪割草》，卻沒能夠解開所有謎團。

*

我聽見北鎌倉站電車發車的聲音。大概是最後一班上行列車。

我獨自一人坐在文現里亞古書堂的櫃檯前，寫著《雪割草》事件的紀錄。

距離上島家那場騷動已經過了四天。聽說上島家今天舉行做七法會，上島乙彥在法會一結束就飛往印尼，當然也帶走了《雪割草》。據井浦清美表示，他與自己的母親、阿姨等人幾乎斷絕往來，從那天之後就不再跟她們說半句話。

《雪割草》真跡手稿的謎團沒能夠解開。上島乙彥沒有報警，也沒有委託我們深入調查下去；比起繼續揭露親人的罪行，他似乎寧可把這一切全都忘記。

儘管如此，他還是主動表示，願意把找回來的《雪割草》借給栞子小姐一晚。但栞子小姐鄭重謝絕了；因為她認為自己沒有完成委託，沒能夠「平安無事」找回《雪割草》。

這次的事件紀錄就到此為止。我闔上厚厚的文庫本。新潮文庫的《MyBook：2012年的紀錄》。這個日記本外型做得像書，內容卻是白紙。開始在文現里亞古書堂工作以來，每次發生與舊書有關的事件，我就會盡可能把記得的來龍去脈寫在《MyBook》裡。

這就是「文現里亞古書堂的事件手帖」。

從那晚之後，栞子小姐一直很無精打采。無法解開所有謎團，她很自責。沒能夠找出真跡手稿的去向是因為上島乙彥瞞著沒提手稿的存在，栞子小姐當然也無計可施——我這樣安慰，但似乎也沒有太大的效果。

我也跟著埋怨起自己的沒用。從頭到尾都待在她身邊，所見所聞皆與她相同，我卻無法成為她的助力。栞子小姐甚至還出面幫腔，告訴井浦清美說：「他一定能成為解決這件事的助力。」而我提出自己的發現，也頂多是一些與事件完全無關、連邊都沒沾上的小事。

「大輔？」

突然有人出聲，我回頭看去，看到栞子小姐站在通往主屋的門前。她身上的藍色睡衣外面套著開襟羊毛針織衫；手上只有拐杖，沒拿書。

「這麼晚了，你還在工作嗎？」

她納悶地偏著頭湊近看向櫃檯，一頭黑長髮筆直朝地面垂下。

「不，我……已經做完了。」

我站起來。她眼鏡後的目光已經看到《MyBook》。她應該早就發現我在寫事件的紀錄，之前卻也不曾提過這件事。她或許是認為夫妻也應該保有隱私吧。

話雖如此，有疑問的時候，最好還是彼此談談。

「妳有事瞞著我吧。」

栞子小姐最近的態度很奇怪。我本來以為是因為她瞞著井浦清美的委託沒說，可是在我寫下這次的事件紀錄時，我卻注意到一件事——委託電話是在井浦清美來文現里亞古書堂的前一天打的，但栞子小姐在此之前就已經心事重重的樣子，似乎是有其他無法對我說的煩心事。

「我只是猜測，妳該不會是……懷孕了？」

她瞠目結舌。我果然沒猜錯。我對於自己的話能夠嚇到這位聰明女孩有那麼一點得意洋洋。

「你……你怎麼會知道？我還沒有對任何人提過……也還沒去婦產科檢查……」

看來只是驗孕棒驗出了陽性反應而已，我也料想過差不多是這樣。

「你從哪裡得到的線索？」

「哪有那種東西。」

我笑著搖頭。對，這不是推理。

「我只是在想……如果妳真的懷孕了該有多好而已。」

栞子小姐放鬆力量靠在門上。

「大輔，我以為你可能會不高興……我們才剛新婚，也沒有計畫要有孩子不是？而且你還年輕……我也對於、那個、要增加家庭成員，感覺心情複雜。」

篠川家從以前就存在家庭問題。栞子小姐和親生母親處得不好，雙方好不容易達成和解也才不過半年。大概是親眼目睹上島家的爭端，讓她想起這件事吧。

我沒說話，伸出雙手牢牢抱緊栞子小姐纖細的身子。或許是我的舉動太過突然，她有些困惑地抬起頭，眼鏡稍微滑落鼻梁。

「大輔，怎麼了？」

「嗯……」

我難為情地回答：

「就是想要緊緊抱住妳。」

接受委託那天，琹子小姐也講過一樣的話。她突然拋開拐杖緊摟著我的身體。兩人的體溫彷彿要融為一體。

有了新家人，大概會發生意想不到的事。我也不清楚我們在五年後、十年後會變得如何。

不過，我希望永遠記住此刻這瞬間彼此的體溫與心滿意足的心情。現在的我們一定能夠順利迎接新生命的到來。

至少，我是這樣相信。

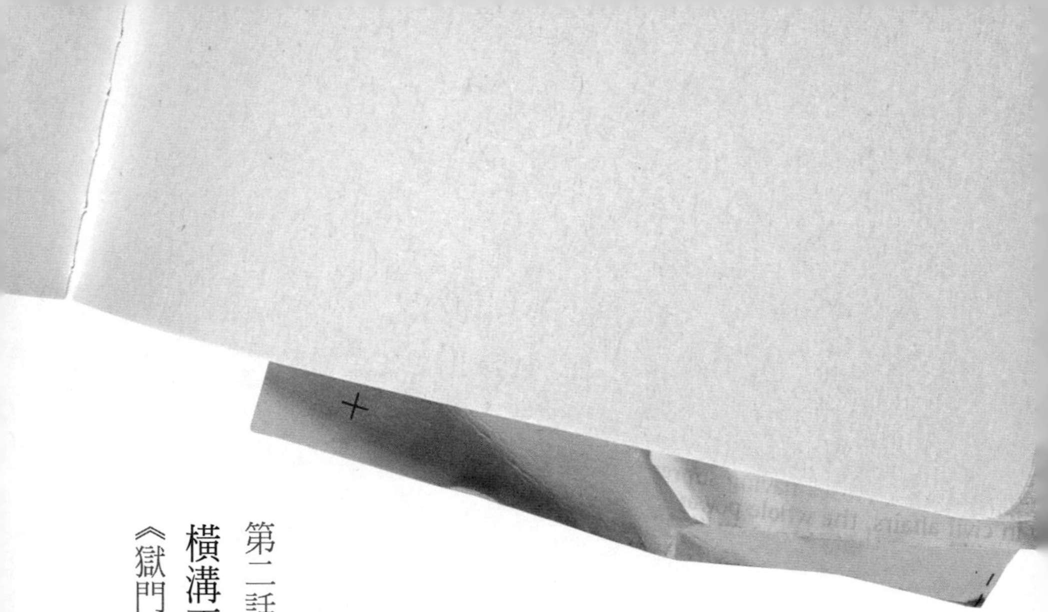

第二話

横溝正史

《獄門島》

閉著眼睛時，我聽到奇妙的聲響。

「噺──噺──噺噺噺──噺──」

有氣無力的分岔口哨聲，是栞子小姐啊──恍惚中我這麼想。這是她以前聚精會神看書時的習慣。因為口哨聲不小，如果是在家裡也就算了，在公共場所我就會希望她小聲些，畢竟──

我猛然睜開眼。不曉得什麼時候我已經靠著椅子打起瞌睡。一睜眼睛就看到十分古民宅風格的粗屋梁與時尚的圓形吊燈。

這裡是位在由比濱路旁一棟兩層樓古民宅改建的書香咖啡館。兩側牆壁都是高達天花板的書櫃，櫃上裝飾著大尺寸的攝影集與國外的食譜書。

口哨聲仍在持續，但吹口哨的人不是我的妻子栞子小姐。今天一起來這家店的家人還有另外一位。

「扉子……」

我開口喊坐在對面的女兒。身穿深藍色長版上衣洋裝的嬌小少女正聚精會神看著文庫本，一頭烏黑亮麗的秀髮垂落在桌上。這個孩子是篠川扉子，是我們的獨生女。

「爸，怎麼了？」

她停止吹口哨，拿著文庫本伸懶腰。那本書是岩波文庫出版的芥川龍之介《羅生門、鼻、芋粥、偷盜》。少女有一雙大眼睛、挺直的鼻梁、雪白的肌膚、不管發生什麼事都不會放掉書的態度、閱讀時就會吹出分岔口哨聲，以及最近開始戴起的眼鏡——這一切的一切都跟她的母親栞子小姐十分神似。

現在是二〇二一年十月。扉子日前就讀小學三年級，即將滿九歲。時光飛逝的速度快到讓人無法想像，我和栞子小姐當然也跟著增加了幾歲。

縱使覺得自己已經不再年輕，但這話如果讓老年人聽到，就會被他們笑。他們說我總有一天會覺得三十幾歲還很年輕。會不會有這種感覺，我還不確定。

「那本書有趣嗎？」

我問。

「很有趣！」

我話才說完，她立刻精神飽滿地回答。坐在窗邊吧檯座位角落翻開書、與少女年齡相仿的少年瞥了我們這邊一眼。他們也跟我們一樣是親子組合，少年身旁坐著貌似他父親的男人。我豎起食指抵著唇示意扉子小聲點。咖啡館裡的客人全都沉浸在自己的書中世界。

「很久很久以前，有位少爺的鼻子非常長，如果下人沒有幫忙扶住他的鼻子，他就沒辦法好好吃飯。可是有一天他打了一個噴嚏，鼻子掉進粥裡……」

扉子壓低聲音，生動地向我說明。她剛剛大概讀了《鼻》吧。這篇小說有名到至少每個人都聽過標題，不過現在聽到這故事，我才覺得詭異。

吧檯區的少年戴起耳機投入在自己的書裡。或許是因為他戴著連帽上衣的帽子，所以我無法看清楚他的長相。他面前翻開的書是套著書店書衣的硬皮書，可能是在鎌倉站前面那家島野書店買的新刊兒童文學之類的吧。跟我們家女兒的喜好完全不同。

扉子任何書都看，在她眼中不存在新書、舊書、童書、成人書等分類。我們家兒童房的書櫃上陳列的書籍，從封面華麗的輕小說、漫畫文庫本、到包上石蠟紙的岩波文庫與新潮文庫舊書等，種類繁多。文庫本多是因為扉子說ＣＰ值比較高；我還是第一次遇到小學生選購書籍的標準是根據ＣＰ值。我把這情況告訴栞子小姐後，她回答我她也是如此。原來我在篠川家是少數派。

「爸，現在幾點？」

女兒出其不意換了話題。我把自己的智慧型手機拿給她看。現在是下午一點半。

「一樓的老闆伯伯回來了嗎？」

這間咖啡館是「鼴鼠堂」舊書店的一部分。一樓賣舊書，二樓是咖啡館。以前開在小田急線長後站旁，直到兩、三年前才搬到鎌倉來。聽說他們以前也有咖啡館。

或許是舊書買賣的環境比以前更艱難了，所以有愈來愈多舊書店會在店內另闢餐飲區。這家舊書店座落在觀光客較多的由比濱路旁，生意相當興隆。即使是下雨天，店內也幾乎是客滿。

「可能還沒吧，這種天氣到府收購會花比較多時間。」

我回答。這場暴雨一直下到中午過後，到府收購堆書時要避免把書弄濕，所以不是那麼容易。

扉子闔上《羅生門、鼻、芋粥、偷盜》，一口氣喝下幾乎沒碰的漂浮冰紅茶。因為她只顧著看書，加蜂蜜的冰淇淋早就融化。那是用附近養蜂園生產的蜂蜜製作的蜂蜜甜點，也是這家咖啡館最大賣點。

我今天陪扉子來到這裡，是因為她要買預留在一樓的舊書，但是店裡的工讀生不清楚書放在哪裡，老闆又出門到府收購去了，打他的手機也不通，因此我們來到二樓的咖啡館打發時間。

請舊書店幫忙留書的小學生大概很少見，但是更罕見的是她請店裡幫她留的那本書的內容。喝光飲料的女兒，對著身為她父親的我微笑說：

「好期待那本橫溝正史的《獄門島》！」

我知道《獄門島》這件事是在三天前。我獨自一人在整理採購回來的舊書時，文現里亞古書堂的電話響起，來電者是扉子就讀的市立小學的班導。這位古板女老師年紀比栞子小姐略長，我在教學參觀時也見過。

『我打電話到您夫人的手機，電話卻不通。』老師以嚴肅的聲音說。我向她道歉。栞子小姐目前人正在倫敦出差，還要一個星期才會回來。她去親生母親經營的舊書店幫忙，因此這段期間平常使用的手機號碼不通。她跟我聯絡都是透過智慧型手機或電腦的視訊通話軟體。

我向對方說明後，也很好奇她打電話來的用意。

「扉子怎麼了嗎？」

女兒不可能做出值得我擔心的行為；她的成績也絕對不差，但校園生活說不上順利。她在班上被徹底孤立。

原因在於書。

她與栞子小姐一樣，隨時隨地都在看書。一開始她也有心要跟班上同學交流，卻跟他們聊不來。這也難怪。扉子對人氣影片、電玩、動畫，甚至時尚打扮都沒興趣。班上同學雖然不至於去招惹她，但也都把她當作怪人，跟她保持距離。

在我們父母親眼裡看來，我們的女兒照著自己的步調處事且無憂無慮，但是她心裡或許也察覺自己與其他人不同吧。栞子小姐擔心這是女兒繼承到自己的血脈所造成。

『不是什麼嚴重的大事，我只是想談談萌芽比賽的事。所謂的萌芽比賽……』

「我知道萌芽比賽，就是讀書心得比賽吧。」

我替她繼續說完。扉子就讀的岩谷小學，每年都會舉辦校內讀書心得比賽。這是延續了幾十年的例行活動，三年級以上的所有學生都要參加。優秀的文章將會匯集成《萌芽》文集，因此也稱為「萌芽比賽」。「萌芽」是「植物發芽、事物新生」的意思。

『啊，您也是岩谷小學的校友嗎？』

「我不是，內人才是校友。」

我看過栞子小姐刊登在舊《萌芽》上的讀書心得。那篇讀書心得談的是一本很久以前的科幻小說，聽說當時有老師認為那本書的內容不適合小學生。

班導語氣嚴肅地解釋，說今天請同學們在紙上寫下打算寫哪本書的讀書心得——這是為了檢查學生選書的內容是否適合參賽。我隱約有種不好的預感。

『扉子同學選的書是橫溝正史的《獄門島》。』

我不自覺重新握好手機。預感果然沒錯。我幾年前在NHK頻道看過《獄門島》的電視劇版，對於故事也很熟悉。內容講述太平洋戰爭才剛結束，金田一耕助為了幫戰友傳達遺言，來到瀨戶內海上的孤島，結果遇到連續殺人案並解謎破案。這也是橫溝正史的代表作之一。

類別當然是劃分為本格派推理，也經常出現屍體掛在樹上、塞進吊鐘裡等殘酷場景。除了出乎意料的真凶之外，悲傷的結局也同樣令人印象深刻。不過我記得有件事更叫人吃驚——平常絕對不會在公眾頻道上播放的禁用詞彙，卻是這故事最重要的關鍵字。

『我絕不是說橫溝正史不好，畢竟他是十分有名的作家……只是，扉子同學為什麼會選擇幾十年前的成人驚悚小說，這點我感到不可思議。』

她以追根究底的態度說著。嘴上說「不是不好」，卻特地打這通電話來，所以她究竟想說什麼？

「我也不清楚。我們店裡也有《獄門島》的庫存，不過我沒看到扉子讀過。」

就我所知，扉子幾乎不看成人向的本格派推理作品。以前她曾經沉迷江戶川亂步的少年偵探團系列，不過那個系列鮮少推理元素，也沒有喋血事件。

『那麼，這書就不是家長要求扉子同學閱讀的，對嗎？』

她這話說得雲淡風輕，我卻反應過來，明白對方究竟想要知道什麼了——她在懷疑是我們強迫女兒閱讀血腥小說。我聽過有強迫小孩看色情片的虐童行為。

「我們經營的是舊書店，有各種領域的書籍，不過扉子的讀物都是她自己挑選，我們不曾干涉她。」

我盡可能以平靜的語氣回答。無端遭到懷疑真的很令人不悅，但我想身為班導，想要確認一下也是合情合理。

『您的意思是，只要扉子同學想要，任何書您們都會給她看嗎？』

我一時間不曉得該怎麼回答。

「不至於那樣，但……只是覺得沒有需要特別禁止的。再說她對內容太爭議的書也不感興趣。」

我的意見終究只是我這個家長眼中看到的情況，她是否真的沒興趣就不得而知了。她若是瞞著我們私下看爭議書並不容易，但我認為也不是不可能發生，畢竟她繼承栞子小姐的血脈。

「當然她也有可能在父母親看不到的地方讀不適合她年紀的書。就老師妳看來，她有讀什麼不恰當的書嗎？」

我坦白問。班導沉默了一會兒。

『沒有那種情況……她在暑假結束後，經常在看岩波文庫的古典文學作品。教職員室的老師們都在說，那些書最近連大人也不太看了。』

她的語氣變得溫和。扉子只是在讀喜歡的書，無意成為話題吧。

班導最後只要求我問問扉子同學是否確定要寫《獄門島》的讀書心得，就掛了電話。簡言之，她大概就是希望我勸勸扉子，改選其他大人也能夠接受的書寫心得吧。比如說岩波文庫的「古典文學作品」。

硬是要小孩子接受大人的考量，智商實在堪慮，但我突然好奇扉子開始讀起《獄門島》的原因。問她本人嗎？不行，小學三年級的孩子也有個人隱私，或許她也有想要隱瞞父母的祕密。正當我還在猶豫，回到家的扉子就開口問我：

「這個星期六，我可以去由比濱路的鼴鼠堂買書嗎？」

她說她要去買請對方保留的《獄門島》，還很開心地說，那是要寫讀書心得用的。看樣子根本沒有什麼祕密。那本書的售價是三千日圓，她來問我是因為我們提醒過她，購買價位高的書籍時，需要取得父母同意。

「要買可以，不過那本小說也有新版的可讀。而且妳媽媽的書庫裡也有。」

「我想看鼴鼠堂那本！封面的插畫非常恐怖又有魄力，我喜歡那本。」

既然是在舊書店購買，就不是新版吧。提到恐怖的插圖，大概是角川文庫的舊版書。

「妳想看那本書是因為封面很恐怖？」

「不只是那樣。我站在店裡翻了一下，那本書在開頭第一頁有一段橫溝正史的話，寫到——『懸疑作品的有趣之處在於解謎，各位讀者也請挑戰解謎，別輸給金田一偵探。』我之前對懸疑小說沒有太大興趣，但作者的挑戰書我覺得很好玩。」

我不知道《獄門島》有這樣的序文。以前的偵探小說很常看到「給讀者的挑戰書」這種設計。或許是這孩子不熟，所以感到新鮮。

「我在店裡稍微翻了幾頁，實在很好奇後續內容，所以決定『萌芽比賽』的讀書心得要寫《獄門島》。」

來龍去脈我大致明白了。即使是「成人閱讀的驚悚小說」，只要是這個孩子自主決定的，大人就沒有資格說什麼。一般人或許沒想過孩子適合閱讀什麼書，但自己應該採取什麼樣的行動，多數人應該能夠自行判斷。於是我當天就寫電子郵件給班導，告訴對方，孩子自己決定想要寫《獄門島》的讀書心得，希望老師不要出手干涉。

這就是我們來到鼴鼠堂的原因。

啊，我忘了寫一件重要的事。第二天早上扉子去上學後，我用電腦與人在英國的栞子小姐視訊通話。

她上週就去了倫敦，去幫她母親篠川智惠子工作。視訊時，那邊的時間大概是三更半夜，她在睡衣外面套著睡袍出現在畫面上。她今天好像是跟母親一起與倫敦的業者進行舊書交易。怕生程度非比尋常的她，要用英文長時間交談，是一大負擔，她的臉上略顯疲憊。

她跟母親仍然處不好，不過工作還是有辦法完成。那對母女之間有書聯繫，也是靠舊書才能建立關係。

聊完工作後，她接著問起我們有沒有發生什麼事。順帶一提，即使我們已經結婚十年，現在對話也仍然使用敬語。沒辦法，這樣對我們雙方來說比較自然。

我提起《獄門島》的事情，她便陷入沉思。

「妳別擔心，老師沒有要求扉子改寫其他書的讀書心得。我想那位老師可以溝通。」

我連忙打圓場。我以為她是擔心女兒受到跟自己相同的遭遇，沒想到螢幕上的她搖頭。

『不是的，我在意的是其他……我好奇扉子想買的是哪個版本的《獄門島》。』

「什麼意思？」

『那部作品有幾個版本具有舊書交易價值……一九四九年岩谷書店出版的初版定價二、三萬，一九七一年角川書店的文庫本初版，書況好的價值六、七千日圓……三千日圓這個價格有點奇怪。』

這麼說來我也覺得有點怪。之前我也交易過不少本《獄門島》，所以多少有點概念。

「我猜大概是書況差的角川文庫初版。她說封面是很有魄力、很可怕的。」

我回想見過的年輕女子屍體封面插畫，最常見的是在一九七〇年代的角川文庫版。《獄門島》雖是各家出版社都有出版的作品，但包括最早的單行本在內，書封設計多半單調無趣。角川文庫的舊版作品反倒是異類。

『杉本一文的裝幀確實很有魄力。現在提到橫溝正史的書，我想多數人還是會想到杉本獨特的筆觸……但初版的設計是不同內容吧？』

「啊，是嗎？」

我完全忘了。角川文庫的橫溝正史全集在不同時期有不同封面。《獄門島》的封面插畫一開始也是相對低調，後來才換成更引人矚目的強烈風格。決定翻拍成電影時，甚至換成年輕女子屍體的插畫。換了插畫之後的《獄門島》發行冊數很多，所以幾乎沒有舊書交易的價值。

「那會不會是角川文庫的署名本？」

『我想不是，角川文庫的《獄門島》沒有收錄給讀者的挑戰書。在我過去看過的所有版本裡也沒有……扉子說過書中有作者寫的序文，對吧？』

我點頭。我不認為扉子記錯了。

栞子小姐握拳抵著嘴唇。如果連她都不知道，那真的是很罕見的版本吧？如果是這樣，三千日圓就太便宜了。

栞子小姐的嘴邊突然露出微笑。

「妳想到什麼了？」

我把上半身往前靠。她有些難為情，雙手指尖抵著指尖。

『不是，只是覺得跟大輔聊書果然很開心。』

聽到她這麼說，我也害羞了。

結果我們沒有解開《獄門島》序文之謎，因為差不多到了準備開門營業的時間。我說完「有什麼發展再聯絡」就準備結束通話——

『真希望能快點回去日本。』

栞子小姐嘆著氣說。

「妳擔心扉子嗎？」

身為母親會擔心也是理所當然。但她不曉得為什麼突然皺起眉頭，似乎有些不滿。

『一方面當然也是，我也想看看扉子，但……』

她動作不自然地調整眼鏡，像是要把臉遮住，臉頰變得有些紅，那抹跟初次邂逅時幾乎一樣的身影讓我挪不開眼。

『我也想你，大輔。』

「爸比，你有在聽我說話嗎？」

聽到扉子不滿的聲音，我回過神來。女兒雙手抵著桌面仰望我的臉。

「你為什麼從剛才就一直在笑？」

因為我不自覺想起與栞子小姐的對話。我趕緊抹抹臉擦去淺淺笑意，拿起咖啡杯才發現咖啡已經喝光。

「抱歉，妳剛才說什麼？」

「我說……該不會最近沒有小孩會讀《獄門島》了吧。」

她這話說得好像以前就有很多小孩讀的樣子。無論哪個時代，愛看橫溝正史本格派推理作品的小學生都很少，但我不確定需要跟她說得這麼清楚嗎？

「嗯，這書本來就是給大人看的……妳為什麼突然這麼問？」

扉子打開岩波文庫的《羅生門、鼻、芋粥、偷盜》。

「昨天午休時，我在教室裡看這本書，吉田老師過來跟我說，我要寫《獄門島》的讀書心得可以，不過不妨再考慮改選其他書，比方說芥川龍之介怎麼樣？」

吉田就是她的班導。儘管她回信同意我不干涉，但看樣子她還是很想影響扉子的選書。

「老師有說選其他書比較好的理由嗎？」

「她說，把殺人故事的讀書心得刊登在《萌芽》上，討厭恐怖故事的同學也會看到。」

我理解老師心中的苦。扉子很擅長寫作文，所以勢必會寫出很棒的文章。老師雖然很想避免《獄門島》的讀書心得出現在文集裡，但落選的原因如果是選書，就會引發大問題。所以最好的方法就是扉子自動自發換書寫心得。

「我跟老師說《羅生門》也有殺人，老師就說那《芋粥》怎麼樣？她之前看到我讀芥川龍之介的作品明明還稱讚我很厲害。我不懂可以跟不可以的界線在哪裡……明明都是書啊。」

扉子喃喃地說。她的小手憐愛地撫摸著岩波文庫的封面，讓我想起以輕柔手勢對待舊書的栞子小姐。

「既然出版紙本書，就是大家都能讀吧。書本身明明沒錯，人卻有很多意見……說什麼小孩子不能看、要看就看這種書、為什麼要看那種怪書……我覺得好難懂。」

眼前的女兒看起來突然很像大人。這的確是個難題。討厭「恐怖故事」的孩子也會看到讀書心得，這個理由也不能說全然有錯，但也沒有誰有絕對正確的答案。

正因為明白這點，所以這孩子也沒有找我商量，她只是跟我分享對於這難解問題的感嘆，不期待我給她任何答案。只是，這樣真的好嗎？身為大人，這樣不丟臉嗎？

「不好意思，打擾一下。」

一旁突然傳來有幾分猶豫的嗓音，身穿白襯衫與黑色牛仔褲的年輕女孩站在我們桌邊，她是剛才在一樓顧著收銀檯的兼職店員。那一頭彷彿是自己照鏡子剪出來的狗啃鮑伯頭很醒目。

「妳是剛才在一樓要拿保留書的客人對吧？……咦？我記錯了嗎？」

對方以不太熟練的敬語沒什麼把握地說著，看樣子是不擅長接待客人。

「對，就是我！」

扉子手舉高高。

「一樓的老闆去收購書還沒有回來，不過老闆的母親現在負責顧收銀檯，我想她或許知道妳寄放的書在哪裡。」

對方的說話態度彷彿事不關己……或許也真是事不關己，離開桌邊的她沒有返回一樓，而是走進咖啡館的廚房。仔細一看才發現她穿著與咖啡館工作人員相同的服裝，看樣子她原本該是二樓咖啡館的兼職人員，只是臨時去一樓負責收銀檯。

「走吧，爸比。」

扉子把岩波文庫收進孩童用肩背包後，二話不說地站起。

我和扉子下樓來到賣舊書的區域。

店裡擺著好幾個高達天花板的書櫃，通道上的平臺也堆著大尺寸的舊書。與裝潢時尚的二樓咖啡館不同，一樓的舊書店仍然保留原始的模樣。對我來說與文現里亞古書堂相似的一樓待起來比較安心。

我與鼴鼠堂的老闆隸屬同一個舊書協會分會，所以也見過面。老闆是年紀大我一輪、姓戶山的沉默寡言中年男人，我聽說他是在大約十五年前繼承了過世父親開的鼴鼠堂。我們頂多是在舊書會館遇到會打聲招呼的交情，不曾好好說過話。我也是第一次到他們店裡來。

我再次環視舊書店內，有件事引起我的好奇，我注意到書櫃上有很多最近很難賣掉的鄉土史、近代文學全集，店裡似乎沒有定期更換商品的習慣，以舊書店來說經營管理上似乎很消極，我感覺自己彷彿踏進了私人書庫。

扉子不在意這種難以形容的氣氛，逕自哼著歌走進店內深處的櫃檯。收銀機前坐著一位上了年紀的老婦人，一頭短髮蒼蒼，腰背佝僂得厲害，身上穿的紅褐色毛衣看起來像是純手工製，編織得十分緊密。這位大概就是老闆的母親吧。她托腮坐在櫃檯後面一臉愁容。

「您好！我又來了！」

扉子活力十足地開口問候。對方愣了一下，從掌心中抬起頭。

「啊、啊啊……妳是上個星期來過的小姑娘吧。妳好。」

她受到扉子感染，臉上也浮現笑容。似乎是扉子訂下《獄門島》的時候跟她見過面。

「我來買那本《獄門島》！我帶錢來了。」

她打開肩背包拿出小錢包。老闆的母親露出苦澀的表情，似乎發生什麼不好的事情。

「對不起……其實我沒找到妳訂的那本書。」

拿出千元鈔的扉子停住動作，瞠目結舌沒出聲。這孩子很少有這麼驚訝的時候。

「明明昨天傍晚都還在……我鎖上一樓收銀機的時候，還確定就在這個櫃子裡。」

她一邊說，一邊指向櫃檯內側收銀機的正下方。從我們的角度看不到，不過那兒應該有個收納客人訂書的櫃子。

「今天早上我在忙家裡的事，所以沒來店裡……吃過午飯後才過來，相馬……就是二樓的工讀生，我聽她說有客人來拿書，看了櫃子卻是空的。我打了吉信的手機也不通……可是吉信應該不會突然就把客人訂的書換地方放。總之我到處找都沒找到……真的很抱歉。」

這個人似乎是一出亂子就會變多話的類型，剛才說的話也沒重點，只知道客人訂下並收起來的《獄門島》是在昨天晚上到今天早上這段期間消失，以及老闆的全名是戶山吉信。

「有哪些人知道放書的位置呢？」

我問。扉子似乎還在震驚中回不了神，石像般動也不動。弄丟客人訂的商品是無法原諒的疏失，但也是任何店都有可能發生的情況。

「只有我兒子和我，因為現在幾乎只有我們兩人負責顧一樓的舊書店，媳婦和工讀生們都在二樓的咖啡館……偶爾才會下來幫忙顧店。」

她的語氣中摻著苦澀。或許是對於人手過少而不滿。想想二樓的忙碌也能明白這也沒辦法。

「抱歉，瞧我這話說得顛三倒四的。我兒子是這家店的老闆……三年前從藤澤長後搬來這裡，媳婦開始經營咖啡館。我們一家四口人在附近租房子住……對，還有一個讀小學的孫女，所以一共有四個人。」

「我與妳的兒子在舊書協會見過面，我們也是經營舊書店的。」

眼看她說著說著又要離題，我不得已只好插嘴。一看到我遞出文現里亞古書堂的名片，老闆的母親旋即面露喜色。

「啊，原來是北鎌倉的文現里亞。真懷念呢。我過世的丈夫家裡以前也承蒙你們店的幫忙。」

能夠「幫忙」這位老婦人的丈夫，想來不是栞子小姐的父親，而是祖父那一代吧。文現里亞古書堂早在五十多年前，就接受各種舊書相關的難題諮詢。鼴鼠堂或許也有一段過去。

「現在的老闆是孫子嗎？你就是文現里亞的孫子？」

「不是，內人才是現任店長。她是第一代孫……現在是由我們夫婦倆一起經營。」

老婦人嘴邊的笑容少了些，一股難言的沉默蔓延。

「女人開店啊……」

我沒料到她在意的點是這個，儘管我認為現在這時代女性擔任舊書店老闆並不罕見。

「那這位小姑娘就是第四代了？現在幾年級？」

「三年級……」

扉子沒說話，所以我代為回答。

「跟我們家小圭一樣大呢。長得真可愛！哎呀，小圭是我孫女，跟小姑娘完全不同，那孩子常常被人……」

「我的《獄門島》在哪裡？」

扉子悶悶不樂地問道，她八成一直在想這個問題吧。老闆的母親惶恐地從櫃檯後側走出來。

「我現在正在查……可能是早上在這裡顧店的人把書賣給其他客人。如果找不到，我會準備一樣的書賣給小姑娘妳，所以妳稍微耐著性子等一等。」

「我不認為是賣給其他客人了。」

扉子毫不猶豫地說。我不禁看向女兒的臉，她眼鏡後的雙眼充滿強烈自信。

「上午的店員如果只負責顧店，就不會負責商品上架，也不會接觸到預留的書。」

她的語氣跟解謎時的栞子小姐一模一樣，使我心中的不安更甚。如果可能的話，我希望扉子不要接觸與舊書有關的事件，畢竟有時找書人心中存著惡意，過去栞子小姐和我都曾經因此而遇險。

「或許是客人看到放在櫃檯裡的書，說他想要買？」

我低調提出反駁，只見扉子立刻搖頭。

「應該不是。從櫃檯這個方向，沒辦法看到放預留書的櫃子，所以其他客人不可能說那種話。」

我不禁苦笑。否決別人意見格外乾脆不留餘地這點，也跟栞子小姐很像。這孩子說得沒錯，書被今天早上不經意現身的客人買走的可能性很低——不對，慢著。

「有沒有其他客人也對那本《獄門島》感興趣呢？比方說，上週日這孩子訂下書之前就先看過的？」

上週訂書的當時，《獄門島》應該是陳列在櫃子上，看到的客人不一定只有扉子。老闆的母親仔細想了一會兒。

「我也不確定，印象中好像有一兩位客人拿起來翻閱……那本《獄門島》才剛上架不久。我兒子那天早上也出門去到府收購……我開門營業後馬上就寫上標價，放在櫃檯前的櫃子上。中午過後，小姑娘已經來到這裡，所以頂多擺兩個小時吧。」

我點頭。假如有其他客人也注意到那本《獄門島》，這道理就說得通了。

「我要說的只是我的想像……」

「啊，我知道了……或許是上個星期在這裡看到《獄門島》的客人，今天早上再度過來說要買那本書。」

讀小學的女兒搶先我一步解釋。

「既然站收銀檯的是工讀生，就不知道櫃檯下是客人預訂的書，所以有可能把書賣掉了……是這個意思吧？」

嗯，就是這個意思，但我沒料到她只憑一個問句瞬間就理解到這麼深。我清了清嗓子，繼續說下去。

「如果方便的話，能否確認一下收銀紀錄？或許會有賣出的紀錄。」

「好，請稍等。」

老闆的母親打開收銀機上蓋，抽出存根聯的轉軸。那是跟我們店裡一樣的舊式收銀機。她從口袋拿出老花眼鏡戴上，時而湊近時而拿遠看著存根聯轉軸。

「今天的售貨紀錄是……一件，金額是三百……不對，三千日圓。可能是這一筆。啊，我忘了，應該會有標價牌。」

她拉高抽屜零錢盒，底下壓著印有「鼴鼠堂」店名、對折成兩半的小紙片。文現里亞古書堂出售商品時，會把標價牌夾在書裡一起給客人。看樣子這家店在書賣出時，會把標價牌抽出回收。

橫溝正史《獄門島》朝日SONORAMA 三〇〇〇日圓

（朝日SONORAMA？）

終於知道是哪家出版的書了。這家出版社主要出版文庫本與漫畫，很久以前就已經停業。他們也出版金田一耕助系列的作品嗎？隱約有點印象，似乎很久以前在某處看過朝日SONORAMA的金田一耕助系列。如果栞子小姐在場，立刻就會告訴我答案。

「真的賣掉了……」

扉子的臉色變得更蒼白。標價牌都找到了，表示《獄門島》很有可能已經在其他客人手上。我心中還因為另一項事實感到震驚——二樓的咖啡館幾乎客滿，一樓的舊書店從一早開門卻只賣出一本三千日圓的書。大家都直接走過舊書區視而不見。

「賣出的時間是幾點？」

我問。老闆的母親再度看向存根聯轉軸。

「今天的……十點、七分，一樓才開門營業就賣掉了。二樓的咖啡館還沒開門……咦？這個時間，我兒子應該還在店裡。」

扉子仰望我的臉。到底是怎麼回事？我不認為戶山老闆會犯錯，把客人訂的書賣給其他人。

就在這時候玻璃門打開，一名穿著黑色雨衣的中年男人進來。他下顎寬闊的國字臉上有兩道猶如毛筆畫上的粗眉；身高不高，不過岩石般的體格比我健壯。他就是鼴鼠堂的老闆戶山，剛結束到府收購回來，正在門口的地墊處仔細甩掉外套上的水滴。

「吉信，我打了好幾次電話給你。」

先開口的是老闆的母親。戶山脫下外套走向我們。

「抱歉，我的手機忘了充電……啊，文現里亞的，你好。」

他注意到我，跟我打招呼。我也鞠躬回應。

「今天雨下這麼大，找我有事？」

他語氣冷淡地問起我的來意。我想他這個人只是嘴笨，並不是不歡迎我。在我開口之前，他的母親已經搶先了一步。

「我問你，你知道櫃檯下那本《獄門島》去哪兒了嗎？」

聽到這急切的提問，戶山驚訝地瞇起眼。

「就是上週日，媽照著我的便利貼寫上標價那本吧？不是說才剛上架，就有客人請我們幫忙保留了嗎？」

「書不在放保留書的櫃子裡，好像是十點過後被賣掉了。是你賣的嗎？」

「不是我。客人打電話來要我提早過去收書，所以我在開店之前就出門去到府收購了……我請末莉子讓二樓的相馬小姐下來顧一樓的收銀檯。不是她賣掉的嗎？」

「那本書好像不小心賣給了其他客人。」

「什……」

戶山說不出話來，接著轉向我深深鞠躬。

「那是文現里亞先生訂下的書嗎……非常抱歉。」

「訂書的人是我。」

扉子插嘴。老闆仔細凝視我八歲的女兒，似乎這才注意到她也在場。

「那本書是……妳、妳訂的？」

或許沒想過有小學生看金田一耕助系列作品吧，他一臉不可置信的表情看向我確認。

「真的嗎？」

我點頭。在一旁聽著的扉子不滿嘟嘴說：

「我拿零用錢買的。我要寫那本《獄門島》的讀書心得，參加我們學校辦的比賽。」

戶山低頭看向放在櫃檯上的標價牌，接著他臉色難看地拿起存根聯轉軸檢查。嘴裡隱約嘆了口氣。

「請問，那本書既然被其他客人買走，已經沒有庫存了嗎？」

正要把存根聯轉軸放回原處的戶山蹲下與扉子的視線等高，一看就是平常習慣接觸孩子的人。

「很可惜那本書在我們店裡也只有一本，其他店應該也不會有。那是叔叔很久以前買的、一直很寶貝的書。」

他的嗓音透著懷舊的味道。換句話說那是他珍藏多年的藏書。為什麼拿出來賣呢？看到扉子失望垮下肩膀，戶山認真地對她說：

「妳特地要求我們保留了，真的很抱歉……不然我找找買走的客人，問問對方願不願意退還好了。媽，不好意思，幫我用內線叫二樓的相馬小姐……」

話還沒有說完，樓梯上響起跑下樓的腳步聲，出現的正好就是我們要找的工讀生相馬小姐。

「不好意思，一樓有用塑膠提袋嗎？二樓外帶用的提袋不夠……」

「相馬小姐。」

「是，怎麼了？」

老闆語氣慎重地喊了對方。

被喊住的人一派輕鬆地回應。

「妳負責一樓收銀檯的時候，是不是把櫃檯底下的橫溝正史《獄門島》賣給其他客人了？」

嚴謹有禮的說詞反而更顯魄力。相馬的表情瞬間僵硬。

「那、那是……賣掉了沒錯。老闆一出門就有客人上門說想要。怎麼了嗎？」

「那本書是我訂的。」

聽到扉子的話，相馬睜大雙眼。

「什麼？真的嗎？妳說預訂的書就是那本嗎？」

看到她這麼驚訝，就知道她原本不知情。扉子起初來到櫃檯前要拿預訂的書時，沒有提到書名，只說：「我來買我訂的書。」對方根本沒想到就是那本《獄門島》吧。

「妳還記得是賣給誰嗎？」

戶山接著問。相馬目光左右游移。

「呃，是、是誰呢……我好像有印象……」

「該不會是週末上午偶然進門的客人？有印象嗎？就是慢跑順路來逛逛那位。相馬小姐也見過吧？」

戶山的母親在一旁插嘴。

「可、可能就是那個人……」

相馬莫名其妙突然大聲說。她的模樣很顯然就是不對勁，似乎在隱瞞什麼。

「妳還記得那位客人的穿著嗎？的確是慢跑的感覺嗎？」

我為了解除她的緊張，盡量問她容易回答的問題。

「不，今天是普通……襯衫、牛仔褲、毛衣……空手來，真的就像只是來隨意看看的感覺。」

「上午雨不是下很大嗎？那位客人沒有穿雨衣？」

「沒有。」

對於客人的穿著，她回答得毫不遲疑。這個人大概不擅長說謊，所以在能夠交待的範圍內盡量說實話。

「我想到了！」

扉子突然舉手，就像課堂上問問題時的反應。

「那位客人是怎麼把買的書帶走的呢？」

相馬不解地偷看我的臉。呃，身為父親的我也不懂女兒問這問題的意思。

「怎麼帶走的……我把書裝進紙袋交給對方，對方就抱在懷裡……」

「那個人沒有說想要塑膠提袋嗎？」

扉子的追問讓我反應過來。今天上午一直下著不小的豪雨，如果書只用紙袋裝，通常都會擔心弄濕，畢竟對方沒穿雨衣也沒帶包包。

「可、可能有說吧。嗯，我想起來有。」

「可是妳不是不清楚放塑膠提袋的位置嗎？後來呢？」

相馬嚇得眼神動搖。她剛剛才問：「一樓有用塑膠提袋嗎？」假如客人說想要塑膠提袋，她也不知道放在哪裡。

「那位客人，真的有走出店外嗎？」

我問。

相馬從剛才就不曾說過那位客人有離開鼴鼠堂。假如對方買了《獄門島》之後上去二樓，就用不著擔心書會弄濕了。

而且買書的當然不是咖啡館的客人，當時二樓還在準備開門營業而已。也就是說那位「客人」是——

「啊，我知道了，是二樓的店員買走了……爸比好厲害。」

女兒以燦爛雙眼崇拜望著我，但其實這也沒什麼了不起，我會注意到是因為扉子提到袋子的事，只要再給她多點時間，女兒也會推導出同樣的結論吧。我只是有這十年來跟著妻子一起經歷書相關事件的經驗。

「今天早上在二樓工作的人是誰？」

我問戶山。

「有兩位。一位是這位相馬小姐，以及……內人末莉子。」

戶山太太的名字剛才也有聽聞。既然二樓只有兩個人在，買走書的人是誰一目了然。戶山語氣沉重地說：

「買走《獄門島》的是末莉子吧。」

「是……的，很抱歉。」

相馬小聲道歉。

「老闆出門後，老闆娘馬上就下來一樓。她似乎早就知道櫃檯下有那本書，說：『我要買這本，妳打收銀。』我沒有想要隱瞞，可是老闆娘要我不准說。她交代這件事不准告訴任何人。」

看來是不希望丈夫知情，一定是看準了丈夫不在的時機進行。

「末莉子有說她買書的原因嗎？」

「沒、沒有。我問她是想看這本書嗎？她說不是那個原因……就沒再多說了。」

聞言，戶山露出難受的表情。看樣子這個人已經知道妻子為什麼要買不想看的書了。

「我去找內人談談。」

他頹喪地喃喃說。

我和扉子跟在戶山身後上樓，他的母親與工讀生相馬則留在一樓。他們夫妻兩人談話時，我們適合在場嗎？我對此有些猶豫，但老闆很理所當然地等著我們上二樓。

近乎客滿的咖啡館裡還是一樣全都是在看書的客人。我們稍早坐的位子上已經多了一位新進來的中年男子，窗邊吧檯座位身穿連帽上衣的少年也仍舊在看書。或許是受到我們的腳步聲干擾，與少年相隔一個座位的年輕女子轉頭瞥了我們一眼。

在沒有人說話的店裡，小聲響聽起來都很大聲。戶山走過配膳區前面，一語不發地打開通往後側的門招待我們進入。

門後是鋪著老舊木頭地板的走廊。與重新裝潢過的漂亮店面不同，這裡仍然保留著舊民宅的隔間。戶山走到鋪著玄關地墊的紙拉門前止步。

「末莉子，我要進去了。」

他拉開門，脫下鞋子跨過門檻。鼴鼠堂的辦公室是鋪著榻榻米的和室，圓形矮飯桌、老舊紙拉窗應該都是改裝前就存在於這間房子了吧。

屋裡擺著不鏽鋼置物櫃與櫥櫃，這才勉強有店鋪辦公室的氣氛。窗邊的辦公桌前，一位用橡皮圈束起長髮、戴著眼鏡的女子正面對著電腦。她身穿白襯衫與黑色牛仔褲，外面套著灰色毛衣，一如相馬形容過的穿著。

「嗯？怎麼了？」

戶山末莉子拿下眼鏡起身。她的年紀與戶山差不多，身材高瘦，身高與丈夫不相上下。

「圭去哪裡了？」

戶山掃視辦公室內問道。圭這個名字稍早在一樓聽過，是這對夫妻的女兒。

「不是回家去了嗎？她早上在這裡寫作業，剛才我結束午休回來時就沒看到人……你們好。不好意思，我們之前有見過？」

她對我們打招呼並發問。說話方式俐落圓滑，就是很習慣接待客人的樣子。我輕輕點頭致意說：

「不，我們是第一次見面，我是文現里亞古書堂的篠川。」

「我是篠川扉子！妳好！」

我們父女兩人幾乎同時開口問候。戶山太太笑了笑，戶山老闆的表情卻還是不改緊繃。

「我有事要問妳。」

我們圍著矮飯桌坐下，把事情的來龍去脈告訴戶山末莉子。她似乎不知道《獄門島》是客人預訂的書，聽著聽著逐漸變了臉色。

「總之，那本書是這位小姑娘的東西。妳可以還給她嗎？」

戶山提出要求，她連忙點了好幾次頭。

「當然，真的很抱歉給你們添了麻煩……我真是沒事找事。我現在就去拿來。」

說完，她準備起身。看來《獄門島》能夠順利回到扉子手上了，終於即將揭曉那本究竟是什麼樣的《獄門島》——

「阿姨，妳不看那本《獄門島》沒關係嗎？」

扉子突然喊住對方。戶山末莉子回頭看去，微笑地想要緩頰。

「嗯，對……我不看沒關係。」

「那妳為什麼要特地買下那本書？」

尷尬的沉默蔓延。買書卻不看，這種行為這孩子無法理解。

這位老闆娘為什麼要做這種事，我也隱約明白了。這次的事件只是溝通不良的巧合所導致，不是某人的惡意造成，正因為如此，戶山才沒有質問也沒有責怪妻子。

「伯伯經營一樓的店生意不太好，跟二樓不一樣。」

緩緩開口說明的人是戶山。妻子似乎有話要說，但他仍兀自說下去。

「所以伯伯希望生意能夠好一點，就把自己珍藏的《獄門島》也拿出來賣。而阿姨她就偷偷把那本書買下，想著某天要還給伯伯。」

戶山太太大概是偶然在一樓注意到丈夫要賣掉自己的藏書。她不曉得那本書已經有人訂，便瞞著丈夫付了錢，把書拿上二樓。

「珍藏的書……」

扉子的表情像是被雷打到，想必是設身處地想像了一下——假如自己必須脫手珍藏的書會是什麼感覺。她躊躇了好一會兒，終於做出決定，勉強擠出聲音說：

「那本書，我不要買比較好嗎？」

我很驚訝這孩子居然感到歉疚，所以考慮不買那本《獄門島》空手回去。她從來不曾這樣放棄自己想看的書，這情況還是第一次。

「不。」

戶山不容置喙地回答。

「伯伯我拿出那本書賣，而妳買下了……那本書妳就應該帶回去。」

「可是……」

「別放在心上。」

戶山對著扉子笨拙地笑了笑。

「那本《獄門島》是伯伯小學時在舊書店買的，也是我第一本看的金田一。我在看的時候很期待……不過它在伯伯的書櫃上已經夠久了。以後妳願意好好珍惜它，伯伯就會很高興。」

原來他以前也是熱愛《獄門島》的小學生。女兒仰望我的臉，或許是不曉得該怎麼辦。既然對方已經下定決心放手，我們就應該坦然接受。我一語不發地對她點點頭，扉子就堅定地回答：

「我一定會好好珍惜。」

突然有一個奇怪的想法掠過我的腦海。

假如戶山與扉子是同輩的話，他們一定能夠成為聊書的朋友，女兒在學校也就不會孤零零一個人。

「末莉子。」

戶山重新端正跪坐好，朝妻子深深鞠躬。

「之前總總我很抱歉。」

「咦？什、什麼意思？你怎麼突然這樣？」

她嚇得睜大雙眼。

「從舊店搬過來這裡時，老實說我不認為咖啡館能夠開得下去……我告訴自己買賣舊書才是我們的本行，一直不把妳的工作當成一回事。」

一般丈夫不會像這樣吐露自己的真心話吧。只見他的妻子微張著嘴，專注聽著丈夫說話。

「開咖啡館這件事，媽也沒給過妳好臉色，妳想必也是經營得困難重重……可是，妳有經營的天賦，跟只會繼承父親書店的我不同。」

「沒有那種事……」

戶山末莉子終於大聲說：

「繼承公公的店之後，你在舊店址的時候，不也努力了十多年。而且舊書交易現在也仍是我們店很重要的業務。在二樓開書香咖啡館……是因為我對舊書一點也不了解。你的知識是鼴鼠堂不可或缺的能力。」

戶山點點頭聽著，看來這位做丈夫的似乎也不了解妻子的想法。他突然深深嘆息。

「這些話我們早應該聊開，何必弄成現在這樣呢？」

（跟我說一聲想看《雪割草》，我一定會成全，何必弄成現在這樣呢？）

那段苦澀的回憶冷不防被喚醒，或許因為都是橫溝正史的舊書，我想起將近十年前在上島家發生《雪割草》失竊案時聽過的那句話。我和栞子小姐後來也鮮少談到那起事件。那家人如果一開始就對彼此說出自己的感受，或許就能夠避免那個結果——

我這才注意到女兒沒坐在我身邊，她早已起身在房間裡好奇地四處張望。明明是她自己提出的問題，卻對大人之間的對話失去耐性。她的這一點仍然像個孩子。

「不可以隨便亂看別人的辦公室喔。」

「我只是在找《獄門島》……」

扉子不滿地回答。「啊。」戶山末莉子驚呼一聲後往外走去。

「對了，我正要去拿那本書。書不是放在辦公室，是放在店裡。」

我們四人再度回到咖啡館。在廚房前方配膳區停下腳步的戶山末莉子，打開靠近天花板的小櫥櫃；櫥櫃是放紙巾、餐巾等消耗品庫存的空間，不過最上方擺著一排書，全都是《寫給想要自己開咖啡店的人》等餐飲店經營相關的新書。

「那本書就放在這裡，跟我的書擺在一起……咦？」

她突然慌慌張張翻著櫥櫃，也抽出裝在島野書店塑膠袋裡的新書確認，臉上的血色盡失。

「不會吧……書不見了，我明明放在這裡……」

眾人無言以對，沒想到又有意外發生。

「會不會是放在辦公室呢？」

這麼問的戶山，嗓音中也有著擔憂。

「我很確定是放在這裡沒錯，就在幾個小時前而已。」

「還有其他人知道《獄門島》放在這裡嗎？」

我先詢問戶山太太，試著釐清狀況。

「我沒有告訴其他人。把書收起來時，二樓只有準備開門營業的我一個人在……就算工作人員打開櫥櫃，也應該不會有人去碰那本書，因為大家都知道這裡放的是我的私物。到底是誰……為什麼……」

這個人沒道理對這裡的店員隱瞞《獄門島》的存在，但書確實不見了，到底去了哪裡？

我環顧店內，在場的客人與工作人員，跟我們經過店裡、走進辦公室時幾乎沒兩樣，全都是獨自一人在看書的客人。我們也坐過的那張桌子的男性客人似乎已經離開，年輕工作人員把空杯子收到端盤上。

我心中感到一絲怪異。

（獨自一人的客人？）

稍早與扉子在咖啡館打發時間時，除了我們之外，還有一組客人是兩個人一起坐在吧檯座，現在卻只有一個人坐著——原本一起的人走了嗎？不對，他們兩人真的是一起來的嗎？

「妳把《獄門島》收進櫥櫃時，是裝在一樓的紙袋裡嗎？」

我看著吧檯座的人，問戶山末莉子。

「不是。我正好有一本剛從車站前書店買來的書，就套上了那家書店的書衣。」

答案不出我所料。這個櫥櫃是用來收納店裡要用的庫存，所以二樓的工作人員會打開，或許丈夫和婆婆也會打開，拿一樓的紙袋裝太顯眼，但也不能不裝袋，直接把《獄門島》插在其他書堆裡。

現在我已經知道那本書在哪裡了。

我才這麼想，扉子已經踏著沒有遲疑的步伐越過整間咖啡館。她比我早一步找到答案。

她站在戴著連帽上衣帽子的小孩身後。那個孩子身旁的凳子是空的，沒看到那位像是父親的男人。男人只是碰巧坐在那個小孩旁邊，並非小孩的父親。我和扉子是父女，所以誤以為他們兩人也是。

「請問──」

扉子開口，卻沒有得到反應。孩子的兩邊耳朵正戴著耳機。於是她拍拍對方的肩膀，那個孩子才嚇了一跳，旋轉凳子轉過身來。桌上那本套著島野書店書衣的書仍然攤開著。

「呃，找我有事嗎？」

孩子拿掉耳機，以高亢的女高音嗓音問扉子。

我還誤解了兩件事。

我以為戶山末莉子把《獄門島》收進櫥櫃時，除了相馬之外，咖啡館裡只有她一個人在。但是戶山一見到妻子，立刻就問了女兒在哪裡。因為手機沒電，所以他外出期間沒能夠與任何人聯絡。儘管如此他還是知道女兒在店裡。

這也就是說，在他出門到府收購時，他們的女兒人在店裡，有機會看到母親把《獄門島》收起來。

而且沒人看到這位女兒進辦公室。

「妳好，我是篠川扉子。」

扉子很有禮貌地打招呼。我也走向她們兩人。另外一個誤解就是──連帽上衣小孩的性別。稍早我只隱約瞥見對方的臉。

小孩的祖母一看到扉子就說：「跟小姑娘大不同，那孩子經常被人……」當時的話還沒說完，我想她接下來原本要說的或許是──「誤會是男生」。

「妳是戶山圭吧？」

聽到扉子這麼說，那孩子驚訝地掀開帽子，露出超短的頭髮，以及遺傳自父親的筆直濃眉。

「那是我的書。」

扉子說。戶山圭來回看了看手邊的書和眼前的人。

「呃，這是我爸媽的書，我只是借來看看。」

對，這孩子把書拿走也不是惡意，她只是看到母親把書收起來，因而產生興趣。

「這是我在一樓預訂的書，因為出了錯來到二樓，結果就被妳借走了。」

戶山圭蹙眉。扉子說得理直氣壯，她卻無法理解。扉子十分好奇地湊近攤開的書，問：

「妳看到哪裡了？」

「事件發生，女人被吊在樹上的地方。」

「我也是看到那裡！好看嗎？」

扉子語帶雀躍地問。

「唔、嗯……出乎意料地好看。」

沒想到現在這時代除了我們家女兒之外，也有其他小學生看《獄門島》。戶山圭把書交給扉子。書店的書衣拿掉後，露出底下原本的封面插畫。那是倒掛在大吊鐘下的年輕女屍，華麗的畫風不輸給以前的角川文庫版本。封面上還可看到黑色大字寫著書名《獄門島》。

我也是第一次看到這個版本，但我覺得有些奇怪。此時我留意到書名上印刷的文字

「少年少女　名偵探　金田一耕助系列　7」

「少年少女？」

我不自覺念出聲。

我的誤解還有一個——我以為一般小學生都不看《獄門島》，不過至少可以確定這本書的讀者並非如此。

這本書是童書系列的其中一本。

當天晚上等扉子睡著後，我用店內的電腦與栞子小姐視訊通話。倫敦那邊似乎還是太陽高掛天空的時間，陽光從她背後的窗子射進屋內。

『可以讓我看看那本書嗎？』

我把《獄門島》的封面對著視訊攝影機鏡頭。這是扉子讀完後，我向她借來的。

『朝日SONORAMA的系列作啊……』

電腦前的栞子小姐仰望天花板，似乎在猶豫該如何說明。經過很長一段時間之後她才開口。

『你知道橫溝正史也有寫給青少年看的作品吧？』

「嗯？當然，我們店裡也經手過好幾次。」

尤其是一九五〇年代到六〇年代Poplar社與偕成社出版的青少年讀物，通常都能夠賣出很高的價格，我記得有的書售價就要好幾萬日圓。相較之下，這本《獄門島》便宜很多，而且出版的年代也比較靠近現在。

『橫溝是各式各樣領域的作品都能寫的說故事高手，但他在青少年作品的創作資歷相當悠久。他第一本寫的少年小說《怪人魔人》是連載於昭和二年……也就是一九二七年。此後超過三十年期間，他寫過六十部以上的作品。』

「居然有那麼多……昭和二年不就比江戶川亂步的「少年偵探團」系列更早？」

我從栞子小姐那兒聽過許多關於亂步的事情，他的短篇作品也看過一些。栞子小姐愉快地微笑說：

『沒錯。亂步的第一部少年小說《怪人二十面相》是寫於昭和十一年，橫溝早了他十年之久。』

換句話說，在少年小說領域，橫溝才是前輩。這些我原本不知道。

『朝日SONORAMA的「名偵探金田一耕助」系列是一九七四年到一九七五年橫溝

熱潮興起時出版，全套共十集，收錄了金田一耕助登場的少年小說代表作《假面城》、《黃金指紋》，這兩部作品都是神祕怪盜與金田一等人對決、有許多動作場面的內容。』

「原來有少年版的金田一耕助小說啊……」

我第一次聽聞。我還以為金田一耕助系列都是調查可怕殺人案的內容，很難想像與怪盜痛快對決的金田一偵探會是什麼模樣；畢竟那位偵探的形象感覺不是很強悍。

『亂步的少年小說也有參考橫溝這種借用成人小說偵探角色的方式，但是在橫溝的少年小說中擔任偵探的，是以戰前成人小說中活躍的由利麟太郎居多，金田一耕助登場的作品很少。或許如此，這系列才會收錄以金田一耕助替換由利麟太郎的作品。《夜光怪人》、《蠟面博士》等都是如此。』

「替換……這兩個人原本就是完全不同的角色吧？」

『當然，也因此有些作品的劇情發展變得不自然……幸好那個時代不在意那些小細節，比較隨便。系列中也收錄了把成人版金田一耕助小說重新編寫成童書的版本。』

「就是這本《獄門島》嗎？」

栞子小姐點頭。

『那原本是結構複雜的長篇小說，經過刪減並重新改寫成適合兒童閱讀的簡單好懂內容，不過整體的故事發展與詭計主要還是沿襲原作。』

這一點看了那個屍體倒掛的封面插畫也可以知道，小讀者還是能夠品味到原作的精髓。

「是橫溝親自動手重新改寫的嗎？」

『不是。主要是一位與橫溝有老交情的推理作家負責，就是本身也寫過很多青少年懸疑作品的山村正夫。除了《獄門島》之外，還有《八墓村》、《不死蝶》這兩部作品也是為了這個系列重新改寫過。』

「咦？《八墓村》也收錄在系列中嗎？」

『是的，另外還有中島河太郎重新改寫的《本陣殺人事件》、《女王蜂》。青少年也因為這個系列，得以欣賞金田一耕助的代表作。雖然其中有許多其他作家參與，不過扉子讀到的給讀者的挑戰書，或許是橫溝本人寫的。』

我翻開《獄門島》的扉頁，出現「寫給諸位喜歡懸疑小說的少年少女們」這段「作者的話」。文章從「各位都知道，懸疑小說的有趣之處在於『解謎』」這句話開始，最後的結尾是這樣——

閱讀本系列的各位讀者，請動動你們優秀的腦袋，跟著金田一偵探一起解謎，不對，是別輸給金田一偵探。

最後有「橫溝正史」的正式署名。先不管是否真是他本人所寫，面對金田一偵探的催生者這般挑釁，想必也有讀者想要挑戰。我們家女兒就是其中一人。

「這個系列我們店裡也有賣嗎？」

印象中很久以前好像在哪裡看過，但我不記得店裡有經手。

『我想在大輔你加入之後就沒出現過了，而且市場上也鮮少出現。這個系列在出版當時正值橫溝熱潮高峰，但或許是沒有預期中賣座……即使是橫溝正史的書迷也沒有人十冊全部收集齊全了。』

「不過，我沒想到這系列的書沒有很貴呢。鼴鼠堂也只賣三千日圓。」

戶山說自己是小學時在舊書店買下，但書況看起來很好。當時的追加訂書籤、寄給編輯部的感想明信片也都還夾在書裡，毫無疑問是保存得非常小心謹慎。

『那個……』

琹子小姐的表情突然變得憂鬱。我在電腦前重新坐正，根據我長年的經驗，我知道前面那些話一定只是開場白。

『成人版金田一耕助系列小說的改寫作，只有這個系列能夠讀到，單就這層意義上來說，這系列的書也彌足珍貴。那本《獄門島》如果是我拿出來賣的話……標價不會低於三萬日圓。』

「什麼！」

我懷疑自己的耳朵，差了一位數。

「那為什麼只賣三千日圓……戶山先生不可能不清楚這本書的價值吧。」

『我猜想可能是寫標價牌的時候，位數的格子弄錯了。』

（金額是三百……不對，三千日圓。）

戶山母親念著收銀機存根聯的樣子掠過我腦海。即使戴上老花眼鏡也很難分辨金額，她是根據兒子留下的便利貼寫上《獄門島》的標價。戶山也知道《獄門島》上週就被訂下，卻沒想到標價牌的價格寫錯了吧。

得知訂書的人是扉子之後，他那副驚訝的反應，也是因為一般小學生不會花三萬日圓買書。我現在回想起來才注意到他當時立刻去檢查放在櫃檯的標價牌和收銀機存根聯轉軸。

「戶山先生為什麼不直說呢？」

為了增加收入，把不忍割捨的藏書脫手，卻被人以難以置信的低價買走。

『他認為是他們自己的疏失吧。而且三萬日圓的話，扉子就買不起了。』

罪惡感沉甸甸地壓在我肩上。假如我有察覺到價格不合理，就不會讓對方只用三千日圓賣給扉子了。明明在舊書店工作了十年，我依舊學藝不精。現在才說要把書錢補上，為人正直的戶山老闆一定不會接受。

『改用其他形式補上差額，如何？』

「也好。」

也沒有其他法子了。值得慶幸的是，因為這次的事，我們與戶山家牽起了緣分，只要繼續往來，以後總會有彌補的機會。

週日下午，我和平常一樣在文現里亞古書堂裡工作。

趁著正好沒有客人上門，我把收銀機旁特賣區的西洋史舊書換下。從踏臺上回頭看向櫃檯後側，可隱約看見扉子在書牆後的身影。她的腦袋微幅搖晃著，或許是正在一邊看著手邊資料一邊打著電腦鍵盤。她說寫讀書心得需要上網查資料，所以我讓她用店裡的電腦。

昨天扉子從Ⓡ鼠堂回來後，很快就讀完那本《獄門島》。雖然是改寫成適合兒童閱讀的內容，還是很有趣。儘管與在Ⓡ鼠堂發生的情況不同，不過《獄門島》這故事的重要關鍵也是偶然的巧合。包含悲劇般的結局，也都值得一看。

她說寫完讀書心得之後，要我幫她看看。我會很老實地說出感想，我想校方應該也是這樣。內容和敘述方式如果有問題，到時候再想怎麼改。就像這次發生的事，既沒有絕對的正確答案，也沒有完美的解決方法；每個人的價值觀不同，而且不同的時代也有不同的看法。畢竟這世上也有過能夠把《獄門島》賣給青少年的時代。

我現在擔心的是別的事。

扉子因為改寫的《獄門島》發現了推理的樂趣。之前還無所謂，可是經過Ⓡ鼠堂這件事，她會不會因此覺醒，開始樂於破解書中，甚至是書以外的謎題——比方說書持有人隱藏的故事？

如果是這樣，扉子將會見識到過去不曾接觸過的人類黑暗面。

（我想我們也只能在一旁守護她了。）

對於我的擔心，栞子小姐是這樣回答。這件事也沒有絕對正確的答案。

但是，有一點可以確定的是，女兒如果自己開啟一扇新的門，身為父母的我們，也沒有辦法阻止。

哎，現在擔心那些也沒用。

得知栞子小姐懷上這個孩子時，我就在想——我們要繼續保持自我，迎接新生命，一定會順利的——而現在也確實過得很順利。

接下來五年後、十年後，也應該船到橋頭自然直吧。

這時候，書店的玻璃門喀答喀答響起。

我走下踏臺看向聲音來源，就看到一名小學生年紀的孩子鑽過歪斜難開的拉門縫隙走進店裡。

對方是穿著與昨天同色的連帽上衣、蓄著超短髮的少女。她揚起濃眉掃視店內，並向我鞠躬。

「你好……我是戶山圭，昨天在我家店裡見過……」

不只眉毛相似，就連那種不善言詞的說話方式也跟她的父親很像。

「歡迎。」

我說。沒看到她的父母跟著，看樣子她是一個人跑來北鎌倉。究竟是為了什麼事呢？

「啊，妳好！怎麼了？」

扉子從櫃檯後面走出來，戶山圭看著她抱在懷裡的《獄門島》。

「那本書，妳看完了嗎？」

「看完了！很有趣。」

「是喔……」

戶山圭喃喃自語，把手插進連帽上衣的口袋。

「那本書我才看到一半。」

「嗯，我知道……妳昨天說過了。」

扉子點頭，接下來一陣沉默。戶山圭深吸一口氣之後，直接對上我們家女兒的視線。

「如果方便的話，那個……可以借我幾天嗎？」

我明白她來的目的了——這個孩子只看到開頭發生兇殺案的地方，她想要知道後續發展。結果扉子一臉困擾地搖頭。

「不太方便……」

被拒絕的戶山圭呆立在原地，就像漫畫裡常見的沮喪反應。在一旁的我連忙打圓場，喂喂，就算要拒絕，也可以婉轉一點吧。

「有什麼關係？扉子，妳不是已經看完了？」

這個孩子為了看《獄門島》特地來訪，不應該枉費這場相遇。她跟扉子一定聊得來。

「我是看完了沒錯，不過還要寫讀書心得，所以還需要這本書。如果妳可以留在我們家看，就沒關係……這樣不行嗎？」

我鬆了一口氣。原來是這麼一回事。

「不，我可以。」

戶山圭害羞地說。扉子的臉上瞬間綻放笑容。

「爸比，可以讓她進來我們家嗎？」

「當然可以。」

「太好了！妳過來這邊。」

扉子拉著連帽上衣的袖子朝主屋的方向走。經過我面前時，戶山圭很乖巧地鞠躬。

「妳常看書嗎？」

在通往主屋的門內脫下運動鞋時，戶山圭問扉子。

「常看！戶山也看書吧？」

「嗯。不過，我都是看舊書，所以在學校沒人能聊……」

門啪噠一聲關上，店內再度恢復安靜。今晚有話題可以向人在倫敦的栞子小姐報告了，心情美好得令我想吹口哨。

有些關係是因為一本書而打壞，也有些關係是因為一本書而建立。

晚一點拿點心去給那兩個孩子吧，主屋的冰箱裡應該還有別人送的甜點。我雀躍地繼續更換架上舊書的工作。

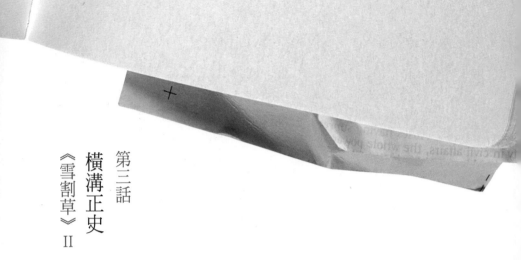

第三話

橫溝正史

《雪割草》II

拿起櫃檯上的舊書時，落下一片紅葉。

我不曉得這是哪裡冒出來的，只把葉子移到角落避免飛走，就繼續工作。

我把採購來的一套老漫畫裝進大塑膠袋。那套初版漫畫是藤子不二雄的《超能力魔美》，全套九本。連載到一半時換了連載的雜誌，所以漫畫的名稱也在中途改了。來店裡賣這套老漫畫的常客已經離開，現在店內沒有其他人在。我正好可以享受寧靜的週日午後時光。

玻璃門那一頭可以看到北鎌倉車站的月臺，橫須賀線的下行列車剛剛離站。貌似觀光客的一群人走向驗票閘門的方向，大概要去圓覺寺賞楓吧。這是每到秋末必然會看到的景象。

今年已經進入十一月。還剩下兩個月，二〇二一年即將結束。

時光的流逝總是特別快。與栞子小姐登記結婚，到上個月為止正好滿十年。有些事物一點也沒改變，也有些事物改變了許多。

「我回來了！」

打開玻璃門進來的長髮少女差不多是小學生的年紀。身穿格子背心裙，外頭套著胭脂紅的開襟羊毛衫。肩膀上的托特包裡應該塞滿了書。

她是篠川扉子，是我和栞子小姐的女兒，今天去位在由比濱的戶山圭家裡玩。她們大概互看彼此的書和漫畫，順便聊了天。打從上個月在鼴鼠堂發生《獄門島》那件事之後，她們兩人就成了好朋友。

不是只有孩子們有了好交情，我上個禮拜也和鼴鼠堂老闆戶山吉信去喝酒。我就女兒低價買下價值數萬的《獄門島》一事向對方道歉，但果然不出所料，對方不肯收下我支付的差額。

哎，如果立場反過來，我也會這樣。往後雙方在工作上應該還有需要互相協助的地方，到時候我再想辦法補償。

「妳回來啦，扉子。」

比我先一步開口的是栞子小姐，她從櫃檯後側成堆的書牆裡探出頭。

我們多年來一直都是這樣，我待在收銀機前面時，她就會躲進客人看不到的角落工作。即使年過三十五，還是改不了怕生的毛病，不過比起以前，她已經學會藏起心情，冷靜應對。

今天的她穿著灰色褲裙搭配黑色針織杉，長髮紮在背後。她的外貌，包括服裝與髮型幾乎沒有改變，不過一笑起來，眼尾和嘴角就會透露出年齡。體態輪廓也變得較豐滿圓潤。

栞子小姐不再是二十幾歲的模樣，身為她的丈夫、與她生活在一起的我最清楚。但她文靜的姿態與舉止，還是跟以前一樣牽引著我的心。比起剛認識時的她，我覺得現在的她更美。大概是因為我也上了年紀吧，三十幾歲的我喜歡跟我一樣變老的她。

「跟小圭聊天了？」

栞子小姐平靜地問。

「嗯！今天我們兩人一起看漫畫……啊，原來在這裡。」

她撿起櫃檯上的紅葉。

「原來那是扉子的？」

幸好沒丟掉。這麼說來，在她出發前往戶山家之前，曾經跟栞子小姐在櫃檯這裡說著什麼。大概是那個時候忘了拿吧。

「我把這個當成書籤。」

說完，她從托特包拿出一本很厚的硬皮書。看到書名我愣了一下。

橫溝正史《雪割草》

那是幾年前戎光祥出版發行的版本，書腰上印著「橫溝正史曇花一現的報紙連載小說 公開發表七十七年首次出版成冊！」

研究近代小說的學者找到了刊登小說的報紙，也發現了小說全文。整件事情的來龍去脈我在當時的網路新聞也有看到。與看過剪報實物的我們不同，聽說對方是在意想不到的地方找到刊登小說的報紙。我想那是大功一件。

我知道栞子小姐早在發售日當天就已經買下讀完，但我沒去問她內容和感想。

「那本書怎麼了？」

我問。扉子攤開書，把紅葉夾進前半段的書頁中。看樣子是才剛開始讀。

「我要去小圭家之前，跟媽媽借了她正在讀的這本書，她正好看完了，就答應借給我。」

扉子無憂無慮地回答。我不禁轉頭看向自己的妻子，她正稍微低著頭，表情要笑不笑，我立刻就注意到那是她感到困擾時的表情。她雖然擅長掩飾內心情緒的震盪，但絕非不為所動。

「原本一直找不到的小說，現在全都找到還出版成書，不是很厲害嗎？媽媽在這本書出版之前也不曾看過小說內容，對吧？」

扉子對於我們九年前遇到的那件事一無所知，也不知道早在這本書出版之前，就有《雪割草》剪報整理成冊的自製書存在，更不曉得那本自製書還惹出一樁竊盜案——當然也無從得知栞子小姐沒能夠解開所有謎團。我事後回想起那件事還是覺得很鬱悶，不願想起。我們不僅沒有跟第三者提過，甚至我們夫妻倆都不曾與對方談過那件事。

「當然，因為那是夢幻之作。」

我代替始終沉默的栞子小姐回答。

「妳快去洗手、漱口。」

發現我阻止話題繼續下去，扉子一臉錯愕地來回看向父母的臉，大概也察覺到氣氛不對，但她或許更在意書的後續內容，於是重新抱著《雪割草》進主屋去。

「謝謝，得救了。」

栞子小姐小聲說，微笑已經從她的臉上消失。

「我在重看那本書的時候，被扉子看到了。」

「發生什麼事了嗎？」

我問。這個人和我們的女兒扉子——以及這個人的母親篠川智惠子，都擁有過人的記憶力，讀過一次的書絕對不會忘記內容。一定是有什麼特別的原因或契機，否則不可能重讀一次。

「今天早上井浦清美小姐來信聯絡。」

「井浦……那件事的井浦清美小姐嗎？」

我不自覺地放大音量。好久沒聽到的名字，她就是九年前委託我們調查上島家發生的《雪割草》失竊案的人。這些年來我們一直沒和那件事的相關人士聯絡，包括她在內。現在她在做什麼我們也毫不知情。

「她寫信來有什麼事？」

「她說井浦初子女士今年九月過世了……」

我想起那位講話很犀利毒舌、身穿誇張紅外套的老婦人。那是井浦清美的母親，也是九年前偷走雪割草的雙胞胎其中一人。我記得她當時已經快要八十歲了，今年過世的話，就是快要九十歲。那個人看起來就是對任何人事物都看不順眼的類型，可是一想到她已經辭世，我的心情還是有些複雜。

「聽說初子女士留下為數眾多的藏書，她希望委託我們店收購。」

我記得她曾經自豪自己十幾歲就閱讀國外懸疑小說的原文書，也說過打算用英文寫小說。假如她說的都是真的，那麼她的家裡有大量藏書也不足為奇。只是——

「為什麼特地找我們？」

既然是藏書家，就會有一兩家經常往來的舊書店，家屬也多半會委託熟識的舊書店處理藏書。就算沒有，鎌倉也還有其他好幾家舊書店。

這是為了彌補九年前我們分毫未取嗎？不可能，這樣未免也欠太久了。

「我也有同樣疑問，就問了原因。」

栞子小姐小聲說。

「清美小姐表示，是初子女士的遺囑這樣吩咐的……說是希望把自己的藏書賣給文現里亞古書堂。」

我懷疑自己聽錯了。

「真的嗎？」

九年前文現里亞古書堂揭露了她們的犯行，所以她不可能對我們有好印象才是。為什麼要特地指定我們收購她的書？

「是真的。清美小姐也覺得事有蹊蹺，但既然是故人的遺言，就姑且還是跟我聯絡了。」

毫無疑問這件事肯定有鬼，搞不好是想要陷害我們，但是想要確認這點，我們就必須先接受委託。我有不好的預感，彷彿自己被對方玩弄於掌心。

「栞子小姐，妳打算怎麼做？」

「當然是接受委託。」

她以平靜但堅定的語氣回答。

「這九年來我一直在想……當時夾在《雪割草》的真跡手稿真的存在嗎？假如真的有，那手稿去哪兒了？還有就是——」

她眼鏡後的目光突然變得嚴肅，嘴唇微微顫抖。我第一次看她出現這種表情。

「為什麼我沒能夠解開所有謎團呢？」

我這才終於發現她並非只是對於未能完美解決那件事而感嘆，而是一直很不甘心——對於沒能夠解開書的謎團很不甘心，對於沒能夠引導那一家人走向和解感到不甘心。

栞子小姐既然已經做出決定，我也曉得自己應該做什麼。

這次我會盡全力協助她解決事件。為了不讓她，還有我留下遺憾。

*

緊接而來的公休日，我和栞子小姐開著店裡的廂型車離開文現里亞古書堂，前往位在西鎌倉的井浦家。

天空有舒適的秋日，圓覺寺前的紅葉在陽光照射下如火焰般耀眼。

「大輔，你知道《雪割草》是什麼樣的小說嗎？」

開過橫須賀線的平交道後，栞子小姐開口。

「不是很清楚，只在電視新聞上看到不是偵探小說。」

那本書幾年前發行時，我當然可以進一步去詳細了解，但我反而沒那樣做，因為我一直希望某天能夠從這個人口中聽到介紹。

「《雪割草》是一九四一年六月到十二月，在新潟每日新聞報——連載到一半時與其他報社合併，所以改為新潟日日新聞報——連載了半年之久的長篇家庭小說。」

我一邊開車一邊專心聽。刊登的媒體是新潟縣的地方報紙，這件事我九年前就聽栞子小姐推測過，原來她說對了。上島秋世當時住在新潟，才會看到《雪割草》的連載。

慢著，那作者又是什麼情況？

「橫溝正史也住在新潟嗎？」

「不是。橫溝當時住在東京吉祥寺，他在東京有私人住宅。一九二六年從神戶來到東京之後，除了療養結核病住過長野縣上諏訪、戰爭期間到戰後配合分散民眾而暫時搬到岡山縣吉備郡之外，沒離開過東京，也沒聽說他有去新潟等地旅行。」

「那他為什麼在那裡連載小說？」

「詳情我不是很清楚。不過甲賀三郎、小栗虫太郎這些東京偵探作家也在新潟每日新聞報上連載小說，所以或許是這個緣由，也委託橫溝寫稿。」

畢竟是八十年前的事了，包含作者在內，相關人士一定都已不在人世。就是因為真相不明，所以這麼久以來才都被當成是夢幻之作。

我們開著廂型車在車多擁擠的縣道上前進，來到大船車站前面開過跨越鐵路的陸橋，看著頭頂上的湘南單軌電車高架軌道，往海的方向前進。

「那個……家庭小說是什麼？」

我老實發問。剛才裝作一臉有聽懂的樣子沒有多問，但我其實不曉得那是什麼意思。做舊書買賣必須要懂行情，但是作品內容與專業術語我並沒有很清楚，畢竟我這個人有無法長時間閱讀文字書的致命傷。

「家庭小說很難準確去定義，不過……主要是指明治（一八六八～一九一二年）中葉以後，在報紙上連載、以女性讀者為主的通俗小說。主角都是有不幸遭遇的女子，故事架構多半是女性跨越降臨身上的苦難，最終得到幸福。稱為家庭小說是指全家人都能夠放心閱讀的意思。」

「《雪割草》也是這樣的故事類型嗎？」

「對。開頭的舞臺是在長野縣的諏訪，準備結婚的某大老千金有為子，在婚禮前一刻，被男方解除婚約。因為有為子不是該名大老親生女兒的祕密被揭穿……」

「咦？不是親生女兒又怎麼了？」

「因為她是父不詳的私生女。畢竟是那個時代的故事，登場角色對於退婚這種行為也沒有質疑。女主角的養父某大老只是娶了身懷某人孩子的女子，並不清楚女主角的親生父親是誰；而女主角的母親也絕口不提這件事便早早逝世。當然這個祕密對於女主角來說宛如晴天霹靂。」

有為子從幸福的頂峰被推落不幸的深淵，故事很有吸引力。

「在面臨退婚的心痛時，養父又正好過世，有為子成了孤女。於是她按照養父留下的指示，獨自離鄉前往東京去找親生父親……」

故事才剛開始就已經高潮迭起，我很好奇後續的發展，但我們的車已經來到單軌電車西鎌倉站前面，再過不久就要抵達井浦家。

我突然對於上島秋世為什麼熱愛《雪割草》感到不可思議。成了孤女後離鄉背井的女主角，與跟丈夫私奔到新潟的上島秋世，境遇可說是大不相同。我很想知道故事的後續發展，感覺似乎有什麼特殊原因。

廂型車開上陡坡。在整頓得很規則的階梯狀建地上，蓋著幾棟大豪宅。這一帶在鎌倉市區也算是相對較新的高級住宅區。我們在當中一棟蓋在景緻最好高地上的磚造透天厝前下車。

門前站著一位身穿上班族套裝的女子。豐腴的圓臉與彷彿受驚大睜的大眼睛，都跟九年前沒有兩樣。短鮑伯頭的髮色看起來比以前更黑，大概是換了染髮劑顏色吧。她臉上妝容精緻，脖子和手上卻暴露出歲月的痕跡。

「好久不見，你們兩位完全還是老樣子呢。」

井浦清美以開朗的嗓音說。

「井浦小姐才是沒什麼變……真的好久不見了。」

琹子小姐謹慎地鞠躬，回應也比過去流暢了些。總之先請進吧——井浦清美打開門自顧自走進屋內，態度跟以前一樣俐落幹練。

我沒說的是，她的輪廓跟語調像極了九年前的井浦初子，也就是她的母親。

井浦家的宅第很安靜。沒有上島家那麼老舊，不過建成大約也四、五十年了吧。據說這裡是井浦清美的父親買下的房子。在母親過世後，現在只住著她與兒子。

我們先來到客廳，向井浦初子的骨灰與遺照致意。故人似乎是基督教徒，佛壇上也一併擺著一個大十字架。

遺照很罕見地用了全身照。大概是在賞花的季節拍攝，背景是盛開的櫻花，遠比我們記憶中更嬌小的老婦人坐在輪椅上面帶笑容，骨碌碌的大眼睛凝視著我們。

「我愈來愈像我母親了對吧？」

既然她本人都這麼說，我們也只能點頭。九年前她們母女倆處不來，不過現在望著遺照的井浦清美眼神很平靜。

「我兒子和乙彥都這麼說，說我最近的言行舉止和聲音有時很像母親……我覺得心情複雜，但沒有以前那麼排斥。」

「我懂……我也跟母親很相像。」

栞子小姐點頭。這個人是從以前就很像她母親，但是最近幾年或許是漸漸不再需要拐杖，所以愈來愈更加難以區分。有時站在昏暗環境中，就連身為丈夫的我也會錯愕。

「家母的毒舌毛病直到死前都沒有改掉，不過她的腳不能走動之後，個性也變得坦率許多。在遺囑寫下要把自己的藏書賣給貴店，或許也是內心後悔對你們的態度太失禮。」

會做這種貼心舉動，不是我記憶中的井浦初子。話雖如此，我對故人也沒有了解到有資格說這種話。

「哎，活到八十六歲也算是壽終正寢了。這麼一來上島家三姊妹都去西方極樂世界了……」

跟我的反應不同，栞子小姐臉上沒有驚訝。大概是早有預感吧。

「上島春子女士也過世了？」

那是井浦初子的雙胞胎妹妹。從年紀來看也很正常，這麼說來，那起事件的兩位犯人都離世了。

「是的，三年前走的。從那之後，家母就經常生病……大概是少了吵架對象就失去了求生欲望吧。」

「乙彥先生目前仍在國外嗎？」

栞子小姐提到上島春子的兒子。他帶著《雪割草》自製書移民印尼後的情況我們一無所知，井浦清美苦笑著搖頭。

「他現在人在日本。三年前春子阿姨過世時，他就搬回來了。聽說他在印尼的工作也不太順利。」

我想起上島乙彥那個不太可靠的模樣。與他的母親不同，他是溫和謙恭的人，很可惜好人不代表事業就會成功。

「他現在正打算開民宿，要把上島家大宅改裝讓觀光客住宿，正在計畫找我介紹的設計事務所施工。」

不用想也知道一定是這個人的提議。他們兩人的感情似乎還是一樣好。在外行人眼裡看來，改成民宿這個主意也不壞。貴族住過的大宅，我想會有觀光客想要住住看。

井浦清美突然看向牆上的時鐘。

「我們閒聊太久了。總之能否請你們鑑定一下家母的藏書？我不清楚那些書有沒有價值。」

我們離開客廳，前往位在隔壁故人的書房。

這間向南的西式房間感覺很舒適，房間一部分連天花板都是玻璃設計，擺著剛才遺照中也有入鏡的輪椅和一張圓形茶几。

玻璃另一側的牆壁一整面都是訂做的書櫃。房間正中央有張大書桌，放著桌上型電腦和平板電腦。看來井浦初子也很常使用電子產品。而且一如故人曾經自豪的，她的藏書中有很多外文書和譯本，國外的平裝軟皮書和早川口袋懸疑小說系列尤其引人矚目。當中有些很有價值，但問題在於書背已經曬到嚴重褪色。大概是多年來承受玻璃帷幕的日曬所造成。儘管井浦初子愛看書，對於保存卻不用心。

「啊……」

栞子小姐低呼一聲。我看向她正在看的方向，是一整排黑色書背搭配白色文字的角川文庫。《犬神家一族》、《本陣殺人事件》、《獄門島》、《八墓村》、《醫院坡上吊之家》——全都是橫溝正史的金田一耕助系列。不是杉本一文負責封面插畫的舊版，而是現在一般書店也在賣的新版。井浦清美也從我們身後探出頭來看向書櫃。

「啊，這個，家母好像是在那次事件後，對橫溝正史產生了興趣，所以不時會買來看……不過她連一句感想都沒提過。」

井浦初子曾經說過日本的偵探作家水準很低，但她八成看了就愛上了吧，否則也不會看那麼多本。

「這個書房裡的東西，你們全都可以拿走無所謂。我會在隔壁房間，有事就喊我一聲。」

井浦清美離開後，書房裡只剩下我們兩人。

「那麼，我們開始吧。」

栞子小姐說完，我們便開始工作，把書從書櫃拿下檢查書況，按照價格分類堆放。整個過程沒有花太多時間。我們今天來了兩個人，不過這個數量本來只要一個人也足以應付。

為什麼井浦初子要委託文現里亞古書堂收購？即使像這樣看過藏書之後，我還是想不通。話雖如此，我也不認為她是想要對我們表達悔意。晚一點再問問井浦清美吧。

「嗯？」

我正要拿出書櫃最下層的舊百科全書，卻停下手上動作，因為我發現在書櫃背板和百科全書之間夾著一個扁木盒。我把木盒抽出一看，尺寸相當於大本百科全書的大小，木盒表面沒有裝飾但做得很堅固，似乎是年代久遠的物品。看這個大小，不可能是不小心塞進去。木盒只有薄薄的上蓋，沒有上鎖。

「啊，這是文箱。」

琹子小姐看向我的手上。

「是用來收納書信的盒子，最近很少人用了……你在哪裡找到的？」

「那邊。」

我把位置指給她看，順手就打開了木盒上蓋。

「大輔！」

聽到她大喊，我瞬間停手。

「我們不應該打開吧？」

「啊，是嗎？」

我覺得尷尬。因為木盒放在書櫃裡，我就不自覺當成是藏書之一。但這是裝信的盒子，而且仔細想想，它原本就是收在看不到的地方，雖說主人已經過世，我們也不能侵犯他人隱私。

我正要把盒蓋放回去，就瞥見盒中紙張上的文字。

雪割草　21

「咦？」

我反射動作又打開了上蓋。盒子裡裝的不是書信，而是陳舊的兩百字稿紙。「雪割草 21」的標題後面有作者的名字——橫溝正史。接著是正文。

茨之首途 二

「怎、怎麼了？妳在這種地方做什麼？」

千鈞一髮之際趕上列車的那位青年，撥開沒資格坐下、都站在走道上的人群，來到一副千金模樣坐在座位上的有為子面前……

用尺畫下的大大紅線劃過整張稿紙，彷彿要把連稿紙邊緣都寫滿的文字抹消。我和栞子小姐面面相覷。

「這是《雪割草》前半段的其中一節。」

她以沙啞的嗓音說。文章中的確出現「有為子」這個名字。

「那這個……不就是《雪割草》的手稿嗎？」

九年前從自製書上被拿走的橫溝正史真跡手稿出現在這個書房裡，意思也就是——

「是井浦初子偷走的，對吧？」

「的確有可能，但我們必須先鑑定這份手稿……」

栞子小姐仍在思索，我卻感覺橫亙在胸口的疑問終於有了答案——井浦初子委託我們收購藏書，會不會就是跟這份手稿有關呢？

「她是不是希望我們幫忙善後？讓我們找到這份手稿還給上島先生？」

「如果是這樣，她直接交給女兒清美小姐就行了，沒必要刻意找上第三者的我們……」

栞子小姐說到這裡突然沉默，似乎是想到了什麼。我拿起文箱的稿紙，底下也是顏色有些微不同的舊稿紙，寫著「雪割草 21」、「橫溝正史」、「茨之首途 二」及接下來的正文，跟剛才看到的第一頁稿紙內容完全相同。

翻開第二頁之後，寫著同樣內容的稿紙再度出現。看樣子其他幾張也是同樣內容。

栞子小姐把所有稿紙拿出文箱排列在桌上。稿紙一共有七張，每一張的字句都相同，也同樣畫著紅線。

「這些是什麼……影本嗎？」

「你仔細看，這些全都是親筆寫的，是某個人自己動手寫的。」

我隱約感覺背後一陣涼意。這些手稿連字跡都很相似，是需要付出相當心力的模仿。

「有沒有可能是橫溝正史寫的？比方說是他作廢的稿子？」

「不可能……橫溝對於稿子內容不滿意時，的確會換紙重新寫過。但如果是那樣，內容應該會有些不同，不可能七張稿紙上都是完全相同的文字。」

「那這些是什麼？」

「現階段我還無法肯定……是這些稿紙中有真正的真跡手稿，其他都只是巧妙的模仿？或者是有其他目的……」

書房裡充滿凝重的沉默。

「我們找清美小姐過來吧。必須告訴她這件事。」

栞子小姐小聲說。究竟是誰、為了什麼目的做出這件事，目前仍是一團迷霧。然而可以確定兩件事——井浦初子與九年前《雪割草》真跡手稿被偷一事有某種關聯。

另外一件就是，解開包括九年前事件等所有謎團的機會，又來到了文現里亞古書堂面前。

*

聽聞自己的母親有可能偷走《雪割草》手稿，井浦清美也沒有任何反應。跟九年前委託我們調查時一樣，她只說希望我們確實查出真相。於是在我們結束到府收購，準備回店裡時，井浦清美把那些手稿連同文箱都借給了我們。

接著就是第二天的此刻，一位骨瘦如柴的白髮男人，來回瞪著舊書店櫃檯上的七張手稿。這裡不是文現里亞古書堂，這裡是位在藤澤辻堂的一人書房。櫃檯後側的人是老闆井上太一郎。

一人書房是專營懸疑小說與科幻小說的舊書店，也是我們身邊少數熟悉橫溝手稿的舊書業者。為了謹慎起見，我們帶著那些手稿過來請老闆幫忙瞧瞧。

井上老闆已經六十幾歲，還是跟以前幾乎沒兩樣，上吊的三白眼和不悅到極點的嚴肅表情也還是老樣子，只不過比起我們初相識時，他對人的態度已經改善很多。或許是因為他與交往多年的鹿山直美幾年前已經登記結婚，私生活穩定的緣故。他的妻子直美今天老家有事，所以不在店裡。

「這些全都是贗品。」

井上說著，把整疊手稿放進櫃檯上的文箱裡。

「果然如此。」

一旁的栞子小姐喃喃說。

「你們怎麼判斷的？」

我看兩人都沒有繼續解釋的打算，只好開口問。

「有幾個判斷依據，不過最關鍵的就是稿紙。這位模仿者為了讓手稿看起來像真品，用了舊稿紙，但沒有一張是戰前製造商的產品。大概是不熟悉這類偽造手法的門外漢所為吧。」

井上老闆挑起一側臉頰冷聲哼了哼，表達出這對於專家來說不過是雕蟲小技。

「換句話說，這只是某個人隨意偽造的？」

「那倒不一定。」

恢復認真表情的井上，以手指輕敲書名「雪割草」。

「這七張手稿之中也有極像真品的。橫溝自從在戰爭期間學了硬筆字之後，字跡就改變了……這份手稿很類似改變前的字跡。像這樣拿尺畫斜線刪除文字，也模仿得維妙維肖。因為橫溝是不扔掉稿紙的作家，尤其在戰爭剛結束、物資缺乏的時代，他會像這樣把作廢的舊稿紙拿去另做其他用途，反覆使用。」

這件事我是第一次聽說。雖然不清楚另做什麼用途，但拿手稿去用也未免太浪費。

「外行人要做出這種不著調的模仿，能夠想到的只有一個。妳心裡也有數吧？」

「這個人是看著真跡臨摹的，對嗎？」

面對井上老闆突如其來的問題，栞子小姐流暢回答。她就是為了確認自己的推理是否正確，才過來請井上老闆幫忙的吧。

「沒錯。《雪割草》的手稿目前仍有大半沒找到，所以也有可能流落在某處。這些仿冒品參考的或許就是真跡手稿。」

井浦初子的書房裡既然有仿冒品，很自然會想到就是她偷了真跡臨摹。我不懂她為什麼要這麼做，也不知道真品在何處。

「九年前那件事似乎也牽扯到《雪割草》，這次的事情是不是也跟井浦家有關？」

我愣住。

井上老闆曉得九年前那件事，是因為那樁委託就是一人書房轉介到我們那兒的，井浦清美認識老闆娘直美。後來我才曉得井浦清美並沒有對井上老闆他們詳細說明情況，因為上島家的相關人士不希望私事公諸於世。這次的事情也一樣，我們只是過來委託鑑定手稿而已。

「是的，嗯……沒錯。」

聽到栞子小姐的含糊回應，井上老闆突然目光銳利地看向她。我感覺店內的溫度瞬間急速下降。栞子小姐仍是面色不改地站著，但她心裡的忐忑徹底傳到我這裡來了，她在櫃檯下的手用力抓著我的外套下襬。

「我是怎樣都無所謂，但我希望你們跟直美解釋一下。九年前那件事之後，你們就一直怪怪的……直美一直很擔心是不是自己介紹的事情給你們造成困擾了。」

我完全不知情——不對，這麼說來我記得那個時候她有打電話來很迂迴地問我們情況，我想我當時沒有解釋清楚；一方面是上島家要求保密，再來是我只顧著擔心栞子小姐的沮喪。

「非常抱歉……讓你們擔心了，這次也麻煩了井上老闆……」

一看栞子小姐變得手足無措，井上老闆突然垮下肩膀輕輕擺了擺手。

「算了，我知道你們也有你們的原因……我只問一件事，這次的事情跟九年前那件事有關嗎？」

「是的。當時不知道的答案，現在或許能夠釐清了。」

是嗎？井上老闆只這麼說完，就摸著下巴沉思，似乎有什麼想法。

「怎麼了嗎？」

我問。

「不是什麼大事……我只是覺得跟《醫院坡上吊之家》很像。」

「呃？」

我腦海中掠過擺在井浦初子書房裡那些橫溝正史文庫本，那批藏書中的確有一本《醫院坡上吊之家》。

「我也想到同一件事……那是橫溝晚年的大作。他把原本在一九五四年中斷的短篇故事改寫成長篇小說，並從一九七五年起連載了兩年……」

這些是在對我說明。井上老闆接著說：

「不只是撰稿過程特殊，內容也與眾不同。故事由兩個部分構成，金田一耕助昭和二十幾年未能解決的事件，在二十年後的昭和四十幾年（註3）終於解決……而這也是金田一耕助的最後一案。」

我覺得有一種似曾相識的感覺。

九年前的《雪割草》失竊案也與金田一耕助系列作有關。這當然也有可能是巧合，但犯人要求身為橫溝書迷的上島乙彥要靠自己的力量破案，也有爭取時間的意圖在——也許這次也是另有目的。

*

請井浦清美幫我們約好後，我們在下一個週日前往上島乙彥家。

我們是打算請他幫忙看看那批《雪割草》假手稿。上島乙彥或許曾經聽秋世阿姨提過真跡手稿的相關事情，我們認為見過他之後，或許能夠獲得更多資訊。

我們把店交給臨時找來的工讀生顧店，一大早就出門。平時一到假日就格外忙碌，我們夫妻倆能夠趁假日一起外出真的很少見，因此費了一番功夫才瞞過起疑的女兒扉子。現在又正值賞楓季節，路上車多擁擠，所以我們決定搭電車前往。與上島乙彥談過之後，我們跟井浦清美約好在鎌倉車站前碰面，向她報告現階段的進度。

今天栞子小姐穿著白色厚針織上衣與寬褲，外面套著寬領灰色長版大衣。這身打扮很適合秋末。

「《雪割草》裡那位從長野來到東京的主角，後來怎麼了？」

站在橫須賀線的月臺上，我突然想起還沒聽到故事的後續。

「啊，我也正想說。」

栞子小姐臉上露出笑容，正好下行電車進站，我們邊說邊上車。

「你還記得那份手稿上的內容嗎？」

她看向我提著的肩背包。我負責拿著那批假手稿。

「我記得是有個男人對主角說話，在列車上吧。」

「對。主角有為子正要去東京找親生父親，在列車上遇到一群滑完雪正要返家的年輕人。手稿中描寫的就是那群人當中一位名叫賀川仁吾的人開口搭話的場景。」

註3：昭和二十幾年大約是一九四五～一九五四年；昭和四十幾年是一九六五～一九七四年。

「他是重要角色嗎？」

「對。各種意義上來說……那位青年有口吃，穿著皺巴巴的袴褲，頂著一頭亂髮，戴著漁夫帽……」

「嗯？怎麼跟金田一耕助有點像？」

「你說對了！」

栞子小姐重重點頭，彷彿在大力稱讚我居然注意到了。

「書裡還寫到他個子結實高大，與消瘦矮小的金田一耕助體型不同，但說話方式和穿著打扮一模一樣。《雪割草》比金田一耕助首次登場的《本陣殺人事件》早五年寫出來……所以這個可說是他的原型，橫溝當時已經創造出金田一耕助了。」

我第一次聽說這些。在《雪割草》出版之前，不只是我，世人對此也完全一無所知。

「他在這個故事裡不是偵探角色吧？」

「《雪割草》裡沒有推理元素。」

栞子小姐微笑回答。

「賀川仁吾的設定是充滿才華的年輕畫家，個性也很死心眼，這點跟有繪畫嗜好的金田一耕助也多少相通。對於橫溝正史來說，有藝術家氛圍的男人，或許就是賀川仁吾或金田一耕助這種形象。」

電車通過老隧道，即將進入鎌倉車站。開過急彎時，栞子小姐站不穩，我連忙扶著她的手臂。她就這樣讓我扶著她，沒有停止說話。

「到達東京的有為子想要找尋親生父親，卻找不到知情的相關人士去向。狡詐的朋友夫婦想要奪走養父留給她的存款、前未婚夫逼她當情婦……橫溝正史堆疊了許多通俗小說常見的設定，但文筆實在看不出他是第一次寫這個領域的作品。有為子被逼到走投無路，最後因為車禍而受傷住院，因此與賀川仁吾有了命中注定的重逢。」

我很想知道後續發展，可惜電車已經抵達鎌倉車站，來到月臺上的我們走向江之電的月臺。週日早上來鎌倉觀光的群眾把車站擠得水洩不通。我一邊走一邊注意聽栞子小姐的說明。

「陷入熱戀的兩人結婚展開新生活。沒想到賀川仁吾的師母、知名畫家的妻子很討厭賀川仁吾，使出各種手段挑撥師徒兩人，賀川仁吾因此被逐出師門，畫展也沒能獲選。他在經濟上和精神上都走投無路……終於做起幫人畫假畫的生意。」

「他變成罪犯了？」

一想到類似金田一耕助的角色被警察追的模樣，我的腦袋就一團亂。不過這個故事的發展簡直跟雲霄飛車沒兩樣。

「對，而且有為子已經懷了仁吾的孩子。仁吾留下賣假畫得到的錢之後就消失，絕望至極的有為子於是離開東京，在朋友家生下兒子。她的親生父親得知她的困境，自己找上門來，父女倆終於重逢，有為子也總算能夠過上安穩的日子。」

「仁吾後來怎麼了？」

我對拋棄妻兒失蹤的仁吾感到好奇。琹子小姐正要開口，江之電的發車鈴聲響起，開往藤澤的電車正好要從月臺開走。我們剛一上車，車門就關閉。

「仁吾不是逃走了，後來才知道他是去找警察自首贖罪。可是嚴峻的監獄生活讓他染上結核病，他被迫過著漫長的療養生活。」

結核病、療養這些字眼勾起了我的記憶。

「我記得橫溝正史也得過結核病吧？」

「對。仁吾的療養生活描寫，反映出橫溝正史的親身經歷。結核病在當時無藥可醫，是難以醫治的疾病……」

電車減速，在下一站和田塚站停車。下到月臺的我和琹子小姐沿著九年前一樣的路線前往上島家。

「因為有為子的支持，仁吾的身心逐漸恢復，也找回了創作欲望。他與以往對立的人們和解，一家三口對於未來充滿希望。故事到此結束。」

我們安靜走了好一會兒，來到遠離觀光景點的住宅區。路上都沒人，也完全沒看到車輛行經。

「《雪割草》是講述家人的故事吧。」

我說。跟家庭小說原本的意思不同，但我覺得這才是真正的家庭小說。

「對，我想或許就是因為這樣，上島秋世女士才會喜愛《雪割草》。」

原本對立的人們得以和解，與丈夫、兒子三人過著幸福快樂的生活——這樣的人生或許上島秋世也曾經有機會獲得。可是結果她在新潟失去了《雪割草》之外的一切，並且在鎌倉結束一生。即使寫故事的作者、深愛故事的讀者都已經不在，書仍然留下，並交到新主人手上。

看到巷底的大宅了。

我們在大門旁停下腳步，正好看到一位抱著紙箱的宅配員一臉錯愕地窺看大宅的庭院。他大概是在錯綜複雜的小巷裡迷路了。只見他不解地偏著腦袋，朝我們走來的方向離開。

上島家的大宅維持著過去的風格。只是就窗外看到的，屋內不見有任何家具、家飾品；一定是因為正在進行翻修工程吧。上島春子過世之後，就再也沒有其他人住在這裡。

她的兒子獨自一人住在隔壁的透天厝。那棟透天厝建築除了外牆多少有些斑駁之外，跟以前幾乎一樣。防盜監視器還是一樣從玄關角落對著小巷拍攝。

九年前當時，上島乙彥透過監視攝影機看到我們所以走出來，今天也在我們按下對講機之前就把門打開，只是出來的人不是屋主，而是更年輕、體格更好的男子。他大概正忙著搬東西吧，長袖T恤的袖子捲了上去。年紀大約是二十多、快三十歲，受驚般的大眼睛和圓臉令人印象深刻，明明是第一次見面卻好像在哪裡見過。

「午安。是篠川小姐嗎？文現里亞古書堂的？」

「是、是的……」

「我是井浦創太，你們好。」

對方以積極的口吻自我介紹。井浦創太，這樣一講立刻就曉得對方是誰，就是井浦清美的兒子。他為什麼在這裡？彷彿在回答我們的疑問，他接著說：

「我今天是過來幫乙彥表舅整理書房……表舅等一下就會過來。」

說話毫不客氣。上島乙彥看來不僅跟表妹感情很好，跟表妹的兒子也很親密。

「哎，好久不見了。」

井浦創太身後出現一位戴著黑框眼鏡的男人。毛衣搭配牛仔褲的穿著，還是跟以前一樣沒變，不過頭髮已經全白了，髮線也變高了。他比九年前略瘦一些，有種即將油盡燈枯的感覺。

「請進來吧。」

上島乙彥溫聲說。

與九年前正要搬家那時不同，現在一樓客廳和廚房裡都有完整的家具。沒想到獨自一人生活的男人，家裡會這麼整齊乾淨，不管任何地方都一塵不染。維持兩層樓透天厝的環境應該需要相當的體力。

「屋裡真乾淨。」

我說出感想，上島乙彥搔了搔長著白髮的腦袋。

「哎，其實我每週都會請小柳管家幫我打掃兩次。你們還記得她嗎？就是以前大宅那邊的管家……」

「咦？她現在……還在工作嗎？」

我連忙把「還活著嗎」這句話吞下肚。她比井浦初子和井浦春子更年長，九年前那時也已經相當高齡了才是。屋主回頭微笑說：

「對，她已經超過九十歲了，精神還是很好。不過與其說是我請她來工作，比較像是來當我的聊天對象吧。我們也經常跟創太、清美一起在這裡吃飯……啊，機會難得，我們上二樓聊吧，就跟以前一樣。」

上島乙彥率先起身走向二樓。井浦創太緊跟著他，就像在守護他。對於現在的上島乙彥來說，井浦母子和小柳就像是他的家人。

二樓的書房是很寬敞的西式房間，除了窗戶以外的牆壁全都是訂做的書櫃。書櫃上收納著橫溝正史的著作和相關書籍。正如我們聽說的，他目前正在整理書，所以書櫃上到處都有空出來的位子，地上也堆了不少舊書。就跟九年前一樣，電腦桌上的螢幕顯示的還是防盜監視器的畫面。

跟以前不同的是，正中央新擺了一套青銅製花園桌椅。那是以前在上島家倉庫裡見過的東西。或許因為原本是戶外家具，所以存在感相當強烈。其他就沒有什麼改變——不對，有個地方不一樣了。

我環顧書房，立刻察覺到哪裡讓我感到不對勁。九年前這裡除了電腦桌，再沒有放置其他桌椅的空間。房間變寬了，比以前大了快一倍。

「其實不久前二樓才重新裝潢過。我把牆壁打通，跟隔壁房間合併。因為藏書增加了。」

「真的呢！」

栞子小姐以亮晶晶的雙眼打量著書房。

「藏書比以前更多更充實了！啊，《新青年》的舊雜誌也收集了不少呢。」

「橫溝擔任編輯的期數、發表作品的期數，我姑且都想要收集……刊登《鬼火》那一期，我想找到審查刪減前的版本，只可惜……」

「那一期很難找到呢。截至目前為止也只有在舊書市場上出現過一次。那個，童書好像也增加了不少？Poplar出版社的《夢幻馬戲團》、《珍珠塔》的書況也很不錯！」

「對。我也有請創太幫忙，只要拍賣網站或舊書店有上架，就會一本不漏地請他幫我買下。或許是因為在書店工作的關係，他很擅長找書……」

跟以前一樣，同樣愛書的兩人一聊起天來就會聊到忘我。這個人大概就是為了讓我們瞧瞧他變大的書房，才領我們上來二樓的吧。我不像栞子小姐那麼清楚記得這裡的藏書內容，不過我也知道他比過去收集得更起勁了。

應該也與反對兒子嗜好的母親過世有關。靠近天花板的牆前裝著一只壓克力盒，裡頭擺著布面書封的《雪割草》自製書。

「不好，我忘了端茶過來。你們稍等一下。」

上島乙彥暫時離開座位。栞子小姐以目光掃視牆前那些藏書。我想她沒有忘記我們來這裡的目的，但身為舊書迷兼舊書店店長，很自然就是會想要確認一下。

「嗯？」

書櫃一角突然吸引住我的目光。那兒排列著我看過的書背——朝日SONORAMA的「少年少女　名偵探金田一耕助」系列——對了，我第一次看到這個系列就是在這裡。《假面城》、《黃金指紋》、《八墓村》、《蠟面博士》等——數一數共有九冊，獨獨缺了女兒扉子上個月在鼴鼠堂買下的那本《獄門島》。

「沒有《獄門島》嗎？」

我是在自言自語，井浦創太卻轉過頭來。

「舊書店的人果然厲害，一眼就看出少了哪一冊！乙彥表舅多年來一直在收集，可是偏偏就差《獄門島》那本找不到。」

他雖然對我表示佩服，但我也不過是碰巧因為上個月的事才注意到，一點也不厲害。

「對了，我聽說不久之前附近的驪鼠堂舊書店剛以三千日圓賣掉了《獄門島》那本！哎，到底誰買走了？」

我立刻與栞子小姐互看彼此，就是我們家女兒買走的——這話我當然不能說。

「我想應該是標錯價吧……不過，你怎麼會曉得書賣掉的事？」

我佯裝平靜問。

「其實我有看到驪鼠堂把那本書上架。那時我來這裡玩順便住一陣子，出去慢跑有繞過去看看，正好看到那本書陳列在收銀檯前面。我不覺得那本書有那麼珍貴，再加上沒帶錢包，所以……」

他一臉悔恨地皺著臉。這麼說來，我在驪鼠堂也聽說扉子要求幫忙留書之前，有其他客人也拿起過那本《獄門島》。看來他就是其中一人。

「後來我想起來再回去，那本書已經不在銷售區。真是做錯了……少年少女版的

《獄門島》我也很想看啊……」

他望向遠方。栞子小姐突然開口：

「創太先生，你也喜歡橫溝正史的作品吧？」

「沒錯！當然。」

他重重點頭，回答得毫不猶豫。看樣子他並非只是幫上島乙彥收集舊書，這個人也是橫溝的書迷。

「我最早是在大學時讀到他的作品。外婆看到會念我，所以我沒辦法在家看……我沒有乙彥表舅修煉多年的技能。而且我也不是所有橫溝作品都看，我是以戰後開始寫的本格派推理……金田一耕助系列為主。」

「你喜歡哪本作品？」

「有很多，不過最喜歡的還是《獄門島》吧。金田一耕助系列的長篇小說，不是有不少角色就算不是犯人，也都成為事件元兇嗎？我覺得那些角色的瘋狂很有特色，尤其是《獄門島》瘋得最深得我心，居然模仿俳句殺人！」

他爽朗地露齒微笑。看來有些人欣賞的是與眾不同的元素。栞子小姐往他靠近一步。

「除了本格派推理之外……你對《雪割草》這類作品有什麼想法？」

我這才注意到栞子小姐並非只是在閒話家常，而是在試探這個人。既然是橫溝的書迷，就有動機偷走《雪割草》手稿。他現在將近三十歲的話，也就是說上島秋世過世的九年前，就是他剛接觸橫溝作品的大學時代。

「啊，那個……我不好意思對乙彥表舅說，但是我覺得一點也不有趣。」

聽到意想不到的回答，栞子小姐也有些不悅的樣子。

「你應該有讀完整本書吧？」

「嗯，姑且有。橫溝自己不也說過，他的志向是成為偵探小說家，而且是本格派推理派的作家，他在戰爭期間寫的家庭小說，只是他沒有其他工作可做，迫不得已才接下的，不是嗎？所以我認為沒有閱讀的價值。」

不合喜好的東西就全盤否定，這種態度讓人想起他的外婆井浦初子。儘管興趣完全不同，血緣關係還是騙不了人。

「那是……」

栞子小姐正準備說什麼，上島乙彥正好開門進來。

「抱歉，讓你們久等了。」

他把放茶杯的端盤擺在青銅桌上。等所有人入座後，我從包包中拿出夾著假手稿的文件夾。

我起初很猶豫要不要在井浦創太也在場的場合拿出來，但他很明白地表示：「九年前的事件和這次的事情，表舅都跟我說過了。」而且聽到自己的外婆偷東西，他絲毫沒有半點震驚反應。

這張桌子是大約七十年前，上島春子閱讀《雪割草》自製書的地方，我們現在在同樣地方再度談論《雪割草》的手稿，感覺很不可思議。

「你們是說初子阿姨偽造了這個嗎？」

一看到稿紙，上島乙彥的表情很緊繃，或許是喚醒了九年前的痛苦記憶。栞子小姐搖頭。

「真相究竟如何還不清楚。我只是想先讓乙彥先生幫忙看看，如果你對這些手稿有什麼想法，可以告訴我們。」

屋主戰戰兢兢地拿起第一張稿紙，翻到背面看看，又翻回正面，緩慢且謹慎地看完上面寫的字之後，他把第一張稿紙放回桌上，接著拿起第二張，也做出同樣的舉動。

「可以的話，我希望創太先生也看看。」

栞子小姐提議。井浦創太一臉嫌麻煩的表情，以手指夾起第一張稿紙，翻到背面確認之後，立刻放回桌上。我無法判斷他的反應究竟是出自於他對《雪割草》沒有愛，或者是其他什麼原因。

看完所有手稿，甥舅兩人不發一語。

「請問你們有什麼發現嗎？」

「這……我也不是很清楚，只知道這是《雪割草》的其中一段內容。」

聽到上島乙彥的回答，井浦創太也點頭。

「阿姨原本持有的《雪割草》手稿是什麼樣的東西，我聽說的也不多，因為阿姨也沒說。」

我突然想到這次事件沒有能夠打聽到更多事情的對象。九年前的相關人士就已經不多了，現在又少了兩位。我偷覷著栞子小姐的側臉，這個人當然也對情況了然於心。如果在這裡無法得到線索，接下來她打算怎麼做？

上島乙彥挺直彎曲的背，重新坐正。

「篠川小姐，對於你們的幫忙我深表感謝，不過老實說，我覺得就算找不到那份手稿也無所謂了。」

栞子小姐眼鏡後的雙眼微微瞇起。

「什麼意思？」

「九年前在得知手稿消失時，我的確無法原諒那個犯人，也無法忍受家母她們互相推卸責任的模樣。從那之後，我與她們兩人直到她們臨終之前都是近乎斷絕關係的狀態……可是現在回頭想想，我有必要那麼生氣嗎……」

「咦……那是你阿姨的遺物，也是很珍貴的手稿吧？」

我忍不住插嘴，那麼重要的東西被偷走當然會生氣啊。

「我對於這點抱持懷疑。」

上島乙彥平靜地說。

「當然阿姨把向業者買來的手稿與《雪割草》自製書一起交給我繼承，這是事實。但那份手稿真的是橫溝的真跡嗎？過去不曾有人買賣《雪割草》的手稿吧？」

他講到我沒想到的重點。或許上島秋世購買的真跡手稿本身就是贗品。聽他這麼一講，我想到上島秋世沒有舊書知識，也不可能分辨出手稿真偽，萬一是贗品，我們找「真品」也就沒有意義了。搞不好我們今天帶來的假手稿之中，有可能就摻著上島秋世原本持有的那份。

「清美很有心想要幫我找回手稿，所以我無法對她坦白……她一定是想要替她母親的所作所為贖罪，可是我已經不在意了。我原本打算直接告訴她，但你們可否也幫我把我的意思轉達給她……麻煩你們了。」

上島乙彥淡然說完，向我們兩個晚輩深深鞠躬。

我們離開上島乙彥家，踏著沉重的步伐回到和田塚站。

也用電子郵件跟井浦清美聯絡。她在車站前的事情似乎已經辦完，我們約在三十分鐘後在車站後側——鎌倉車站西口的驗票閘門碰面。

話雖如此，與她碰面，我們也無事可報告。我們的調查完全陷入瓶頸。說起來要調查九年前的謎團本來就不容易。

栞子小姐還在沉思。我們兩人沒有說話，離開小巷，走在還是一樣完全沒有人車的路上。

「怪了……」

這時候，一股小小的不對勁感覺掠過我心頭。

「怎麼了？」

似乎是聽到我的疑問，一旁的栞子小姐湊近看向我。

「沒事，我想應該沒什麼大不了的，只是……」

我環顧馬路，景緻看起來的確與我們來時一樣。我覺得為了瑣碎小事大驚小怪很丟臉，可是既然被問到，我也只好老實回答了。

「我們稍早不是在小巷裡遇到宅配員嗎？可是我想起來當時沒看到他的宅配貨車。」

說到這裡，栞子小姐瞬間臉色大變，以銳利的目光回頭看向上島家的方向。

「離開乙彥先生家的時候，那個人已經不在了，對吧？」

「嗯……應該是。」

不在也是理所當然，他應該是去其他地方送貨了。

「大輔！」

栞子小姐突然用力握住我的雙手。

「我們快點往鎌倉車站去！他們也許是打算直接碰面。」

我一頭霧水，還沒來得及問誰要跟誰碰面，栞子小姐已經快步往和田塚站的驗票閘門前進。

我也趕忙跟上。我們正好搭上進站的江之電，我卻還沒聽到栞子小姐的說明。她就算不用拐杖也可以好好走路了，但她還不習慣跑步，所以正氣喘吁吁地抓著吊環。

抵達鎌倉車站後，栞子小姐再度急急忙忙走出江之電的驗票閘門。她趕著去ＪＲ的驗票閘門，那是我們跟井浦清美約好碰面的地點。但是現在還沒到約定的時間，她應該有什麼私事要忙。

「大輔……你看……那邊。」

栞子小姐再度喘著氣說，手指著驗票閘門。我凝神細看，就在投幣式置物櫃旁邊看到宅配員的制服，剛才在上島家附近徘徊的年輕司機就站在那兒。現在這麼一看我才發現分辨不出他是哪家貨運公司，那只是類似宅配員的衣服而已。

他正在跟某個人說話，對方是穿著深藍色長外套、留著短鮑伯頭的女子。

「井浦小姐？」

我忍不住驚呼。井浦清美為什麼要與那個男人見面？我們避著那兩人的視線緩緩靠近，終於聽到他們的對話內容。

「現階段還沒有行動。」

那名男子語氣粗魯地說。井浦清美點頭。

「中午之前他應該都在家，但下午或許會出門。你也趁現在去吃點東西。這是今天的份。」

男人收下大概是錢的東西，道謝後快步離去。他沒注意到我們的存在，就從我們身旁走過。

（在監視……）

男人不是宅配員，而是井浦清美顧來監視上島乙彥家的人。到底為什麼要做這種事？我突然覺得她那張看來親切討喜的圓臉變得好陌生。

栞子小姐不再躲藏，朝投幣式置物櫃走去。對方睜大雙眼嚇了一大跳，看來完全沒發現我們的存在。

「剛才那個人是誰？」

對於栞子小姐的問題，她也無法回答——太過驚訝所以說不出話來。

「方便把詳情告訴我們嗎？」

＊

我們三人進入位在御成路的西點蛋糕店。大概因為是正午時間，喝咖啡的客人少，很適合談複雜的話題。這家店的招牌是蘭姆葡萄夾心餅乾，栞子小姐從以前就很喜歡，現在也是扉子最愛的甜點，我考慮買些伴手禮回去，不過現在不是想這種事情的時候。

「剛才那個人是誰？」

等所有人的飲料都上桌之後，栞子小姐率先開口。

「他是我們設計事務所以前的工讀生。做過很多工作……我聽說他待過徵信社，所以就私人委託他辦事。」

「妳為什麼要監視上島先生？」

我問。這個人不是跟上島乙彥一直都很親近嗎？他應該也想不到待在自己家會被表妹監視吧。

「大輔，你弄錯了，井浦小姐不是在監視上島先生……沒錯吧？」

井浦清美沒有否認。她雙手捧著咖啡杯，稍微低下頭沉默以對。我愈來愈迷糊了，那她在做什麼？

「這次的委託有幾個很詭異的地方。」

栞子小姐代替難以啟齒的委託人開始說明。

「初子女士委託我們處理藏書，藏書之中找到假手稿，但真手稿卻不見蹤影……如果初子女士就是九年前偷走手稿並複製的當事人，我就不懂為什麼要找我們來了。如果她想要把手稿還給乙彥先生，直接歸還就好……所以我在想，立場會不會是正好相反呢？」

「正好相反？」

我重複她的話。

「初子女士不是偷走真跡手稿的犯人，而是想要找回手稿……她在自己過世之前擬定了計畫，想利用我們替她找回真正的手稿，再還給乙彥先生……這麼一想整件事就合理了。我猜想，利用遺囑把文現里亞古書堂捲進這件事，也是她計畫的一部分吧？有了這個假設之後，當然需要助手幫忙執行計畫。助手當仁不讓就只有清美小姐了。我接受妳的委託尋找真跡手稿，其實是為了確認妳們兩位的計畫到底是什麼。」

換言之，栞子小姐打從一開始就懷疑這件委託。我居然完全沒發現——不對，這個人也沒有百分之百的把握吧。

「我們的計畫內容，妳也猜到了吧？」

「對，大致上猜到了。」

栞子小姐回答。我不自覺重新坐正。接下來大概要進入整件事的核心了。

「九年前偷走《雪割草》真跡手稿的人，其實是創太先生吧。妳是在監視他，想要找出藏手稿的位置，再還給乙彥先生……對嗎？」

持續了一陣子窒息般的沉默後，井浦清美突然渾身無力。她拱著背的模樣，使她突然像是老了好幾歲。

「我早就應該對你們坦承一切。」

她嘆氣說。

「九年前，《雪割草》真跡手稿不見這件事，使得我們所有人的關係陷入前所未有的分裂。家母和春子阿姨的敵對變得更加嚴重，乙彥表哥去了印尼，我也不敢再去上島家……還讓你們留下不愉快的回憶。

可是，我一直有滿腹的疑問。家母和春子阿姨都只是想要看完《雪割草》的後續內容而已，沒有打算偷走那本書占為己有，甚至對真跡手稿也不感興趣。當天在場所有人都沒有偷手稿的動機。

春子阿姨想到的也是同一件事。她在臨終之前，把我和我母親找到床邊這麼說——偷走手稿的犯人不在我們之中，我希望妳們找出手稿還給乙彥。」

「這件事，乙彥先生知情嗎？」

琹子小姐問。井浦清美搖頭。

「他不知情。你們也知道，乙彥表哥和春子阿姨差不多是斷絕母子關係了，他們彼此沒有聯絡，我們也沒有告訴他。我們不想再次掀開乙彥表哥的舊傷，而且他仍然認定嫌疑最大的就是自己的母親……我想他一定不會相信那些話。」

井浦清美喝下沒有熱度的咖啡喘口氣。

「我們開始懷疑創太，是春子阿姨過世、乙彥表哥回來日本之後。那個孩子突然開始頻繁進出乙彥表哥家……跟他的感情好得就像父子般。

他們兩人的話題都是在聊書。那孩子原本就愛看書，大學畢業後也進書店工作——跟你們的性質不同，是賣新書的書店。一開始他們兩人的關係令人忍不住微笑，直到某天我發現一件事——那孩子也是橫溝正史的書迷。」

我想到井浦創太說過，在家看橫溝的小說會被外婆叨念，沒辦法在家看，所以他的母親直到幾年前才曉得這件事。

「乙彥表哥在十年前離婚後，跟女兒的關係也變得疏遠，能夠與臭味相投的創太盡情聊書，他似乎很開心。

我儘管懷疑創太，卻遲遲提不起勇氣仔細調查。假如真的是他，對於乙彥表哥又是另一次傷害……而且那孩子不曾表現出對《雪割草》的在意，我也以為自己只是想太多。就在我毫無作為的時候，時間不停流逝……

今年夏初，我整理倉庫時，找到創太學生時期用過的數位相機。我們一家人去旅行也會用那臺相機拍攝，我以為裡面有我們的照片，沒有多想就檢查相機的記憶卡，卻看到……這張照片。」

井浦清美滑了滑自己的智慧型手機，把畫面拿給我們看。螢幕上是一張舊稿紙，寫著「雪割草 21」。接下來的內容跟我包包裡的假手稿完全一樣，也有很好辨識的紅色刪除斜線。

「我因此確定了……九年前偷走真跡手稿的就是創太。他一定是發現家母在偷偷閱讀《雪割草》，只把手稿部分抽走。」

不好意思——栞子小姐說完，上半身向前湊近看著螢幕。接著她放大印在稿紙角落的製造商名稱。

「東京文房堂……跟橫溝在戰前實際使用的稿紙一樣，字跡也非常相似。」

我也忍不住凝神細看。換句話說，這張照片上的很有可能是真跡手稿。栞子小姐瞥了委託人一眼。

「手稿的照片只有這張嗎？」

「對。我也找過那個孩子的桌上型電腦和隨身碟，卻沒找到其他的照片，他一定是藏在哪裡了。這張照片可能是忘了從相機刪除。」

「妳當然也找過真跡手稿了吧。」

「是的。我花了很長的時間找，但在家裡找不到，他一定是藏在其他地方了……可是我想不到他會藏在哪裡。那個孩子跟家母一樣都是很自私的人，就算逼問也不會開口。最後我只好跟家母商量。

家母當時身體狀況已經每況愈下，意識也有些不清醒了……不過對於這件事她很堅決想要幫忙找到真跡手稿的位置，也想要想出穩當低調、能把手稿還給乙彥表哥的方法。」

「也就是參考這張照片製作假手稿吧。」

栞子小姐說。

「妳說對了。既然我們無法靠自己找出來，就只有讓那個孩子告訴我們……家母過世後，如果出現大量同樣的手稿，我想那孩子也會懷疑自己手上的是不是真跡，就會去藏手稿的地方檢查。

家母請律師修改遺囑，我則是按照她的指示製作假手稿。後來還變更創太的智慧型手機設定，從我的手機可以查看他現在的所在位置。為了謹慎起見，我也打算尾隨他，看看他從哪裡拿出手稿。」

井浦初子這個計畫很有偵探小說迷風格。栞子小姐也對事件相關人士使過同樣技倆，誘出必須資訊。

「讓我們這些外人介入，也是為了誘使創太緊張嗎？」

「一方面也是，不過家母有另外的考量。她怕自己的計畫又跟九年前一樣失敗……她希望假如計畫失敗了，有文現里亞古書堂在，或許能夠找出真跡手稿。她說你們九年前能夠揭露她的犯行，這次也一定能夠做到。」

這種感覺很難以形容——一樁事件的犯人，卻期待我們解決另一樁事件。栞子小姐突然微笑。

「破解時隔多年的謎團，因故人的遺言展開的計畫……我明白這次事件始終讓人想到金田一耕助作品的原因了……初子女士就是故意這樣設計的對吧，為了吸引我們關注這起事件。」

就跟九年前她對上島乙彥做的事相同，當然巧合也在這其中扮演推波助瀾的角色，她刻意設計身為橫溝迷的栞子小姐積極查案。問題是，她這次最想用圈套套住的井浦創太卻不吃這一套。

「可惜以現在的情況看來，創太先生沒有那麼容易行動。」

栞子小姐說。

「如果打一開始，我就知道初子女士的計畫，就不會暴露我手上這些假手稿的鑑定結果，但……」

我們剛才把假手稿拿給井浦創太看，就已經把手中所有的牌全都亮出來了。他知道自己手上的手稿是真跡，才不會隨著這些假貨起舞。

「怎麼了？」

我問栞子小姐。她握拳抵著嘴唇沉思了一會兒，終於抬起頭，似乎想到了什麼。

「井浦小姐，接下來我對妳說的事情，妳可以用電話告訴乙彥先生嗎？」

井浦清美拿出記事本，快速記下栞子小姐說的內容。她的紀錄簡潔且字也漂亮，跟我偷偷做的事件紀錄截然不同。可窺見這位女士個性上嚴謹的一面。

我們三人走出店外準備道別時，栞子小姐有些欲言又止地開口。

「我可以問妳一件很私人的事嗎？」

「當然，請儘管問。」

「妳有考慮過跟乙彥先生結婚嗎？」

真的未免太私人了，在旁邊聽著的我都嚇一跳。為什麼現在會問這種問題？井浦清美的臉頰瞬間變紅，又很快恢復平靜。

「這個問題和這次的事件有關係嗎？」

「有……問了這麼失禮的問題真是抱歉。」

「沒關係……」

說是這麼說，她還是稍微停頓了一會兒才回答。

「我把他當成家人，可是不管現在或以前，都沒有跟他結婚的打算……乙彥表哥應該也是一樣。」

她淡然的語氣，讓我想起要求我們別再尋找《雪割草》手稿時的上島乙彥。

「謝謝妳的回答……」

栞子小姐深深鞠躬。

接著在一個小時之後，我們來到上島家大宅的二樓。井浦清美推薦的設計事務所為了即將展開的改建工程，持有大宅的備用鑰匙，我們暫時借用他們的鑰匙。要避開大門前的防盜監視器也費了一番功夫。

除了固定在地上和牆上的家具之外，所有房間的物品全都已經收拾乾淨。直到三年前仍是上島春子臥室的這個房間如今也空蕩蕩，木頭地板上積著薄薄的灰塵，空氣也冰冷不流通。

我們坐在與窗框相連的椅子上，望著庭院那頭上島乙彥的家。從這個房間能夠同時監視玄關和書房這兩處。我們問過井浦清美有沒有這樣的地方，她同意讓我們使用這裡。

一抵達大宅沒多久，我們請她按照吩咐打電話給上島乙彥。

吩咐她轉達的內容是——從井浦初子名下的銀行保險箱又找到另外一張《雪割草》的真跡手稿，剛才已經請文現里亞古書堂鑑定過，這次確定是真的。傍晚會把手稿送過去他那邊。

隔著窗戶能夠看到坐在書房茶几前的井浦創太身影，另一頭坐著的是上島乙彥。他應該已經把井浦清美的來電內容告訴創太了。

「會有動作嗎？」

「很難講……這次的事件缺乏關鍵證據。想要找出真跡手稿在哪裡，只剩下這種方法。」

銀行保險箱裡找到的「真跡」手稿當然不存在。如果對方沒有上鉤，這件事也就無法進行下去。這是很危險的賭局。

「我很好奇妳剛才問那個問題是什麼意思？就是井浦小姐是否考慮跟上島先生結婚的事……」

井浦清美的真心話如何，我不清楚。她的反應像是在生氣栞子小姐的故意挑釁，又像是弱點被說中而失去冷靜。

「那個問題是為了了解創太先生的動機……我想知道他是為了什麼行動，我需要能夠判斷的材料。」

我望著遠處可見的井浦創太側臉，思考她現在說得這段話。我不明白相關性在哪裡。是因為我的理解能力不足嗎？說起來我根本也不明白他的動機。

「九年前，井浦創太為什麼要偷走《雪割草》的真跡手稿？」

我問栞子小姐。

「他稍早不是說了覺得《雪割草》很無聊？即使覺得無聊，但只要是橫溝的真跡，他都想要，是這樣嗎？」

或許他那句話是在騙人。他也許是認為只要強調自己討厭《雪割草》，就能夠讓自己多少不被懷疑。

「不是……如果看到真跡手稿，我應該就能知道他無論如何都想擁有那個手稿的真正原因。」

「真正原因……」

我正想繼續問，就看到井浦創太起身來到走廊上。不一會兒玄關門打開，穿著夾克的他出現在小巷，就這樣悠閒地走向和田塚站方向。

「不好，我們得去追……」

我站起身，栞子小姐抓住我的手臂。

「等一下。有人跟著他，我們不去追也不要緊。」

「可是……奇怪？」

我凝神仔細看，發現原本跟井浦創太在一起的上島乙彥，不曉得什麼時候也不見蹤影了。栞子小姐立刻站起。

「我們離開這裡吧。」

「咦？」

我一頭霧水。剛剛才目送井浦創太離開，現在又要去追他嗎？——上島乙彥家的玄關門再度打開，只見穿著毛衣和牛仔褲的上島乙彥出門，但他不是走往小巷外，而是打開大門走進大宅的庭院來。

（糟了！）

現在出去會正好遇到他。

「我們要怎麼辦？」

「稍等一下……」

栞子小姐小聲回答。樓下傳來開門的吱嘎聲，上島乙彥從玄關進來屋內，似乎就在我們正下方的走廊上前進。腳步聲遠去，最後終於聽不見。

「就是現在，快點。」

說完，栞子小姐迅速離開房間，我也跟上她，快步跑下樓梯。可是她前往的不是玄關，她毫不猶豫地走向走廊盡頭。看樣子不是打算離開。

「去哪裡？」

她沒有回答。我無法理解她的行為，總之我也跟著在走廊上前進。走廊盡頭是九年前去過的那個倉庫。那扇大鐵門正敞開著，裡頭亮著燈。

我追上栞子小姐的同時也踏進那間倉庫。過去讓人聯想到古董店的倉庫裡已經空無一物——不，還剩下一樣東西，那個生鏽的鐵櫃仍然留在裡面。過去用來收納貴重物品的這個鐵櫃牢牢固定在地上。大概無法輕易移動吧。

在敞開的鐵櫃前面，上島乙彥瞠目結舌看著我們。

「你、你們兩位，為什麼在這裡？」

反應再遲鈍的我也發現了，栞子小姐在等待的不是井浦創太，而是上島乙彥。

他手上抓著的透明文件夾可清楚看到收在裡面的手稿文字。

雪割草　21

「那就是《雪割草》的真跡手稿吧。」

栞子小姐說。

上島秋世遺留的橫溝正史真跡手稿，就在原本的主人上島乙彥手上。

＊

舊花園桌上放著《雪割草》的真跡手稿。

栞子小姐跟自己手機上的照片進行比對，就是稍早從井浦清美那兒取得的手稿照片。

「看來是一樣的東西……」

我們夫妻倆跟著上島乙彥回到他的書房，也分別聯絡了井浦清美和創太。另外兩人應該待會兒就會到。

上島乙彥無精打采地坐在椅子上。為什麼這個人擁有照理說應該失竊的真跡手稿？為什麼他瞞著沒說？我完全沒有頭緒。

「非常抱歉剛才對你們說謊了。」

他猛然朝我們鞠躬，額頭幾乎要撞上桌面。

「創太先生什麼時候把手稿送還給你的？」

栞子小姐柔聲問。一團混亂的我，腦子好不容易因為這句話開始運轉。原來九年前真跡手稿還是有失竊，而井浦創太仍然是犯人。

「大約是三個月前，就是初子阿姨過世前不久……」

他仍然保持鞠躬姿勢，低著頭回答。現在是十一月，所以是在八月左右。距離井浦清美發現那張照片沒過多久。

「這間書房正好在裝修，業者人員出入複雜，如果手稿亂放，可能會被小柳管家看到，為了預防萬一又能夠避免被人看到的地方……於是我想起了那個鐵櫃。而且那個鐵櫃在工程之後仍會維持原樣……」

那個鐵櫃有兩道鎖，原本就是收納這個真跡手稿的地方。

「我還有另外一件事想問……創太先生告訴你，九年前偷走真跡手稿的人是誰？」

上島乙彥抬起頭看向栞子小姐，那個錯愕的表情彷彿在說——為什麼要問這麼理所當然的問題？

「他說是初子阿姨。我聽到的是，阿姨把這份手稿藏在自己的書房裡，被創太發現了。」

我感到毛骨悚然。井浦創太沒有老實坦白自己的所作所為，不僅如此，他還把罪行推給瀕死的外婆。

他的母親開始搜尋真跡手稿的時間點，與他歸還手稿的時間點，近得太不自然。他或許是發覺母親真的在懷疑自己了，才會匆忙歸還手稿。

「沒多久初子阿姨就過世了，事到如今再去追究誰偷的也沒有意義。我和創太說好要把這件事情當成祕密……難道不是初子阿姨偷的？」

（老實說，我覺得就算找不到那份手稿也無所謂了。）

我想起稍早在這個書房裡聽到的這句話。這個人的確撒謊了，但那是因為顧慮到親人而採取的行動。井浦創太則是利用了這個人的善意。

「乙彥先生。」

栞子小姐語氣沉重地開口。

「九年前偷走這份手稿的人是創太先生。」

「什麼……」

上島乙彥的臉色瞬間鐵青，似乎完全沒料到真相竟是如此。

「乙彥表舅！請等一下！」

房門被大力打開，井浦創太闖進來，匆匆忙忙在椅子上坐下，對尚未從錯愕中回神的屋主說：

「這是栽贓，我才沒有偷走這份手稿……」

「就是你，創太先生，不然還有誰？」

琹子小姐尖銳地說。我突然注意到井浦清美也來到書房。她站在門邊，緊咬著嘴唇。

「當然是初子外婆，還用得著問嗎？」

井浦創太回答得毫不膽怯。

「她沒有偷這份手稿的動機，但是你有。你自己一定也清楚。」

琹子小姐伸手把手稿翻到背面，我愕然屏息——背面也寫著字。我看到部分內容。

可是，愈困難我就愈無法停下腳步。不久，這座島也將解除動員，大批的年輕人將會歸來。我會在他們之中找到良婿——

「這……是什麼？」

我問琹子小姐。我完全沒發現稿紙背面也有寫字。這麼說來，從大宅倉庫離開之前，琹子小姐曾經翻到手稿背面看了好一陣子。

「這是《獄門島》尾聲的其中一段內容。這大概是重新謄寫之前的草稿之一。橫溝處於戰後紙張不足的時代，會拿舊稿紙背面撰寫其他作品。所以這是《雪割草》的真跡手稿，同時也是《獄門島》的真跡手稿。」

（他會像這樣把作廢的舊稿紙拿去另做其他用途，反覆使用。）

我想起一人書房井上老闆說過的話。當時井上老闆仔細為我說明，只是我沒有想到「另做其他用途」是拿來寫其他稿子。當然栞子小姐——以及在場的另外兩位橫溝迷，應該早就都知道。

「之前在這張桌上拿出假手稿時，我注意到乙彥先生和創太先生都率先檢查稿紙背面。可想而知，他們兩人都曉得手稿背面寫著其他作品。」

參考數位相機照片偽造的《雪割草》假手稿背面沒有《獄門島》的文字，這就是他們兩人立刻就識破那是贗品的原因。

栞子小姐的視線再度停留在井浦創太身上。

「《獄門島》的尾聲也是這部傑出作品數一數二的知名場面。這張手稿對於喜歡金田一耕助系列，而且最愛《獄門島》的你來說，是無論如何都想要擁有的吧。當時你用過的數位相機裡也留著這張手稿的照片。」

「那些都與我無關。那臺數位相機在全家旅行時也會使用，外婆有時也會借去用。

妳確定不是外婆拍的？」

「你夠了！」

井浦清美忍不住放聲大叫。

「你外婆為了把手稿找回來還給乙彥表哥，絞盡腦汁擬定計畫，希望盡可能以穩當低調……讓你不會被追究刑責的方式解決這件事。如果是外婆偷的，她會主動歸還。」

「那個人有可能是忘了啊……」

井浦創太露出淺笑，讓他的母親再也說不出第二句話。

「她在臨死前就時不時意識不清楚了，不是嗎？記憶一定也變模糊了。她忘了是自己偷的，只想著要找出來。外婆的確有可能這樣。」

他從頭到尾都堅持狡辯，就跟九年前井浦初子把罪過誣賴到別人身上時一樣——只不過那位品行惡劣的人還懂得講道理。正如栞子小姐剛才說的，這次的事件沒有明確證據。

「首先，我如果是犯人，那未免太奇怪了。東西是我偷的，我會一直藏著吧，怎麼可能還給表舅……」

「你這麼做是有原因的。」

栞子小姐以尖銳的聲音打斷對方，轉身環顧書房內。大人小小尺寸的書背全都面對著我們。

「你是為了得到這些你也幫忙收集補完的橫溝收藏。乙彥先生過世時，繼承他藏書的是他的親生女兒，但你也有取得的機會……那就是討乙彥先生歡心，讓他把藏書送給你，就像乙彥先生繼承秋世女士的《雪割草》那樣。」

另外一個沒有說出口、他也能夠正式繼承的方法，就是井浦清美與上島乙彥結婚。栞子小姐就是為了確認這個可能性，才會問她結婚的問題吧。

「相較於能夠獲得這些收藏，暫時放手真跡手稿也不是壞選擇。反正你只要融入這裡就能夠自由翻看手稿。考慮到對於未來的投資……」

「妳一直在胡言亂語！那麼想要將我定罪的話，拿出證據來看看啊證據！」

井浦創太氣呼呼地一拳打在花園桌上，《雪割草》的真跡手稿因此一震，彷彿在害怕——我覺得自己在九年前也看過同樣場景。

沉重的沉默蔓延在整間書房裡。

「我……並沒有想要讓任何人背上罪名。」

上島乙彥開口說。

「九年前的事情沒有任何證據……你說得確實沒錯。」

安心與歡喜的表情在井浦創太的臉上綻放。但是在他開口之前，屋主冷冷繼續說：

「可是，當時我的母親和我的關係徹底毀壞……上島家也可以說整個瓦解，這全都是偷走手稿的人所造成。」

他瞪著面前的犯人，被瞪的人低下頭躲開凝視。

「那件事的傷痛，我花了九年才痊癒。九年的時間並不短，尤其對我這樣的老人來說更是如此。」

浮現皺紋的手，把桌上的真跡手稿拉近。井浦創太反射動作地視線跟著手稿移動。

「我知道你討厭《雪割草》。這部作品的確是身為偵探作家的橫溝，在失去能自由創作的環境之後，為了養家而為五斗米折腰的作品。但是這部小說也反映了橫溝的家庭觀與職業意識……就算是不得已的工作，我想有時也摻著作家真實的情感。

讀者也是受到這部分強烈吸引。秋世阿姨如此，家母如此，初子阿姨也是如此……而我也是。因此我們才會喜愛《雪割草》。」

在安靜到連針掉在地上都能聽見的書房裡，只有上島乙彥的獨白迴盪著。窗外的秋陽逐漸西斜。

「像你這樣不懂這種情感的人，我不會把手稿交給你，其他所有藏書也是。」

井浦創太像是遭受猛烈重擊般嘴唇顫抖，血色逐漸從他的臉上褪去。下一秒他無聲踹開椅子跑出書房。

「創太！」

對於母親的呼喚他沒有回應，跑下樓梯，直到玄關門發出猛烈甩上的聲響，才再度恢復安靜。

「乙彥表哥，對不起……」

打破漫長沉默的是井浦清美的道歉。

「家母和創太對你的所作所為……我不知道該怎麼道歉才好……」

她臉上的淚水流個不停。上島乙彥靜靜起身，像在安撫小孩子般輕拍她的背。

「清美，妳沒做錯任何事。」

他露出笨拙的微笑，以平靜的聲音說：

「九年前我沒有原諒，現在也……無法立刻就原諒，但，再過九年就不知道了……假如到時候他改變了，我希望妳再次帶他來找我。」

接下來不再有任何人開口，只有井浦清美的啜泣聲持續很久很久。

我和栞子小姐走在夕陽照耀下的御成路。

離開上島乙彥家之後，我們不自覺就散步到鎌倉車站。

「剛才手稿上的《獄門島》尾聲，你知道那是描寫什麼場面嗎？」

「我一時想不起來……」

我記得在電視劇看過，但無法清楚想起來。

「那是在所有事件解決後，倖存的其中一位年輕女子對金田一表達自己決心的場面。」

「啊，對……金田一問她要不要來東京，她拒絕了。」

那是金田一耕助作品中罕見有戀愛元素的故事。

「沒錯。她說自己出生在島上，所以要留在島上繼承家業……儘管她受到島外人士金田一耕助的吸引，仍然遵守島的規定沒有接受他，結局很悲傷……跟最後眾人群起彼此和解的《雪割草》正好相反，就像兩篇文章分別位在正面和背面一樣。」

我們兩人好一會兒拖著長長的影子安靜走著。

「不過……兩部作品都是同一位作者寫出來的小說。」

也不知道是誰突然說了這麼一句話。

人沒有那麼容易擺脫與生俱來的天性，但自己並非沒有選擇的餘地。九年後更是如此。

再過九年，栞子小姐跟我也四十幾歲了。若是沒什麼大事發生，我們應該仍會和現在一樣，繼續在北鎌倉經營舊書店。到時候一定有機會看到上島家與井浦家的人有什麼後續發展。

我看到前面就是中午跟井浦清美一起去過的西點蛋糕店。

突然想起在北鎌倉等著我們回家的女兒。她八成只顧著看書，但這也不能推翻放她獨自看家的事實。

如果買個伴手禮回去應該不錯。

「我們去買那家店的蘭姆葡萄夾心餅乾吧？」

我指向店家招牌，栞子小姐會心一笑。

「我也正好想說同樣的事……回去後大家一起吃吧。」

我們夫妻倆感受著背後暖暖的陽光，並肩往前走。

尾聲

「呼……」

在麗鼠堂咖啡館的座位區，扉子闔上第二本《MyBook》。

部分內容是條列式書寫，有時文章寫到一半就中斷，所以不像小說那麼流暢好讀。但是時隔九年後，她得知了《雪割草》有關的兩起事件來龍去脈。自製書和真跡手稿分別都引起了事件。

她還記得跟母親借看戎光祥版《雪割草》閱讀時的事情。她不知道自己的父母在二〇二一年時捲入了這樣的事件中。從那之後又過了幾年來到現在，她也很好奇上島家和井浦家的人怎樣了，但還有其他事情更令她在意。

今天扉子照著外婆篠川智惠子的交代，把二〇一二年和二〇二一年的事件手帖帶來這家咖啡館。讀完這兩本之後，她仍然不明白緣由——

「看完了？」

突然有人搭話，扉子愣了一下抬起頭，就看到穿著跟喪服一樣黑的外套、戴著深色太陽眼鏡的女人，不曉得什麼時候坐在她對面的座位上。

她就是外婆篠川智惠子。長相與母親神似，不過及腰的長髮摻雜漂亮的白髮，看起來就像她天生是灰髮。

「唔、嗯……好久不見。」

太陽眼鏡後側隱約可看見驚訝大睜的雙眼。扉子背後冒出冷汗，因為對方始終緊盯自己的一舉一動。

扉子感覺自己都被她看穿了。

「這些，我帶來了。」

扉子把兩本《MyBook》推到外婆面前。桌面上擺著空咖啡杯。她究竟是從何時開始看著自己？完全沒察覺到。

「謝了。」

外婆嘴上雖然道謝，卻沒有拿走那兩本書——只是目不轉睛注視著扉子。扉子不想輸給對方，也回看著對方的眼睛，後來她才反應過來。

外婆不是為了看這兩本事件手帖而來。剛才看過的事件手帖內容，以及外婆的話在腦中一一串連。

「妳今天要我把那兩本書拿來這裡——」

扉子回過神來才發現自己已經開口。

「是為了讓我看，是嗎？」

所以碰面地點才會選在扉子常去的咖啡館，而且人遲遲不出現。篠川智惠子輕聲一笑。

「還有呢？」

「妳想要測試我是否能夠發現比這兩本書所寫內容更多的情報……想看看我對於隱藏的事實能夠挖掘到什麼程度。」

就像受到誘導般，扉子說出想法。她感覺腦袋前所未有地清明，記憶也逐漸甦醒。

「剛才外婆妳在電話上說想要確認『二〇一二年和二〇二一年發生的橫溝正史《雪割草》事件』……可是，就如爸爸也寫到的，跟這件事有關的所有人，都不曾對第三者提起過這些事。知道內情的只有相關人士。

因此，一般人不會知道二〇一二年與二〇二一年出過事。假如能夠從相關人士口中聽到隻字片語……」

扉子說到這裡停頓一下，深吸一口氣。

「就只有外婆妳也是相關人士的場合了。」

父親借出事件手帖，八成也是因為知道這點。

篠川智惠子拿下太陽眼鏡，眼睛四周皺起比想像中更親切的笑紋。

「還有呢？」

「在事件手帖中有提及這個人的存在，卻不知道的人物……而且能夠從兩件事的相關人士口中得到情報的人只有一個，就是替《雪割草》自製書估價後，把真跡手稿賣給上島秋世女士的舊書業者。這個人就是外婆妳吧？」

「對，妳說得沒錯。」

她承認得太乾脆，反而讓扉子一陣錯愕。

「我與秋世女士有私交，所以接受她的工作委託。妳猜猜我是為了什麼原因賣給她真跡手稿呢？」

「這裡雖然說是買賣，但我想對方支付的不是現金。就跟二〇一二年事件時，我媽要求的報酬一樣……妳要的是讓妳翻閱《雪割草》。」

當時只知道《雪割草》的標題和部分原稿存在。如果有幸遇到這樣的夢幻作品，扉子也會如此要求。對於篠川家的人來說，「面前有書卻不讀」這個選項不存在。

「妳居然都想到了，栞子和大輔也是過了很久之後才注意到這些。」

扉子想像起外婆向對方推銷真跡手稿的模樣——

妳姪子說過他是橫溝正史的書迷。如果連這份真跡手稿也一併送給他，他一定會很高興……不不，不用錢……不過，這本書可以讓我看看嗎？

扉子嚥了嚥口水。

「我有一個問題想問……」

「什麼問題？」

「妳當時給她的《雪割草》手稿……是真跡嗎？」

就像事件手帖中也提過的，沒聽過舊書店在賣《雪割草》的真跡手稿。這樣也就算了，背面還有稱得上是《獄門島》高潮的尾聲草稿，這樣的手稿也太過完美。

外婆是資歷幾十年的專業舊書業者，有沒有可能做出無人能夠識破真偽的完美假手稿呢？假如在這裡登場的「真跡」手稿事實上也是贗品的話——現在在我面前這個人，就是埋下摧毀上島家與井浦家引信的當事人了。

扉子屏息等待答案，外婆卻沒發出聲音就離座站起。

「我還會再來玩——」

她就這樣帶著笑容再度戴上太陽眼鏡。

「就在不久的將來。」

低聲留下這段話，她就朝出口走去。直到再也看不到外婆的身影後，扉子仍然好一陣子無法動彈。她的身體冷透了，腦子卻熱血激昂。

她既害怕又期待與外婆見面。

一如外婆離開前那句話，扉子也有預感，再過不久，她們又會再度對話。

談各式各樣的書——以及談文現里亞古書堂的事件手帖。

後記

在我的腦子裡有個「文現里亞」專用紙箱。

我想要寫這種故事，或是想要提到這種書——諸如此類的靈感片段出現時，我就會隨手扔進那個紙箱裡。大部分都只是臨時想到的點子。到了「來，寫吧」的時候，我會把那些點子排列組合或補強，整理成一本書份量的故事，但無法成形的故事就會再度放回紙箱裡「保留」。

這當中「保留」時間最長最久的，就是橫溝正史。

橫溝正史是日本最具代表性的本格派推理作家，他寫時代小說、兒童小說等各式各樣的類型，直到晚年仍然維持寫出長篇小說的筆力，是前所未有的說故事高手。在舊書懸疑故事的領域，要選擇哪本書、寫成什麼樣的故事——我花了很長的時間才決定。還有其他好幾本舊書我也很想寫，但是只能哭著取捨。我想，將來有機會還想再寫橫溝正史。

這次的故事在查資料的過程也獲得許多人的協助。尤其要感謝二松學舍大學的山口直孝老師，讓我看珍貴的橫溝正史典藏資料，並仔細回答我這個外行人問題。也很感謝借我閱覽《雪割草》相關資料的世田谷文學館，以及提供我《獄門島》重要情報的KA-SUMI書房。

另外還要感謝插畫家越島老師、責任編輯吉岡、在COVID-19疫情下協助出版這本書的相關人員，以及此刻把書拿在手裡的各位讀者，本人由衷致上謝意。

我本來也想寫在後記預告過好幾次的前傳。我不是忘了，也不是想要引起關注才提，就是不曉得為什麼還寫不出來。我想再過不久就能夠推出了。還有在這次故事中急速成長的扉子，我也必須快點寫出她活躍的故事。下一本書也請大家多多支持指教。

三上延

參考文獻

橫溝正史《雪割草》（戎光祥出版）
橫溝正史《獄門島》（繁中：獨步文化）
橫溝正史《醫院坡上吊之家》（繁中：獨步文化）
橫溝正史《鬼火》（角川文庫）
橫溝正史《犬神家一族》（繁中：獨步文化）
橫溝正史《詛咒之塔》（角川文庫）
橫溝正史《惡魔的手毬歌》（繁中：獨步文化）
橫溝正史《八墓村》（繁中：獨步文化）
橫溝正史《惡魔前來吹笛》（繁中：獨步文化）
橫溝正史《夜光怪人》（角川文庫）
橫溝正史《〈少年少女〉名偵探金田一耕助系列1～10》（朝日Sonorama）
橫溝正史《偵探小說五十年》（講談社On-Demand）

橫溝正史《真說 金田一耕助》（每日新聞社）
橫溝正史《橫溝正史自傳隨筆集》（角川書店）
橫溝正史、小林信彥《橫溝正史讀本》（角川書店）
角川書店 編著《獻給橫溝正史來自新世紀的信》（角川書店）
森英俊、野村宏平 編著《少年少女 昭和懸疑美術館》（平凡社）
杉本一文《杉本一文『裝』畫集～橫溝正史等 插畫裝幀作品全集》（ATELIER THIRD）
江藤茂博、山口直孝、濱田知明 編著《橫溝正史研究 1～6》（戎光祥出版）
《世田谷文學館收藏資料目錄1 橫溝正史舊藏資料》（世田谷文學館）
昭和偵探小說研究會 編著《橫溝正史 全小說指南》（洋泉社）
小嶋優子&別冊達文西編輯部《金田一耕助The Complete》（MEDIA FACTORY）
中川右介《江戶川亂步與橫溝正史》（集英社）
《MyBook：2012年的紀錄》（新潮文庫）
久生十蘭《母子像・鈴木主水》（角川文庫）

國家圖書館出版品預行編目資料

古書堂事件手帖 . II, 扉子與空白的時間 / 三上延著 ; 黃薇嬪譯 . -- 一版 . -- 臺北市 : 臺灣角川股份有限公司 , 2023.01-
面 ;　公分

譯自 : ビブリア古書堂の事件手帖 . 2, 扉子と空白の時
ISBN 978-626-352-173-5 (平裝)

861.57　　111018436

輕文學 Light Literature

古書堂事件手帖 II ～扉子與空白的時間～

原著名＊ビブリア古書堂の事件手帖 II ～扉子と空白の時～

作　　者＊三上 延
插　　畫＊越島はぐ
譯　　者＊黃薇嬪

2023 年 1 月 18 日　初版第 1 刷發行

發 行 人＊岩崎剛人
總　　監＊呂慧君
總 編 輯＊蔡佩芬
特約編輯＊林毓珊
設計主編＊許景舜
印　　務＊李明修（主任）、張加恩（主任）、張凱棋

台灣角川

發 行 所＊台灣角川股份有限公司
地　　址＊104 台北市中山區松江路 223 號 3 樓
電　　話＊（02）2515-3000
傳　　真＊（02）2515-0033
網　　址＊http://www.kadokawa.com.tw
劃撥帳戶＊台灣角川股份有限公司
劃撥帳號＊19487412
法律顧問＊有澤法律事務所
製　　版＊尚騰印刷事業有限公司
I S B N＊978-626-352-173-5